光文社文庫

DRY

原田ひ香

光　文　社

目次

D
R
Y

1

彼の周りには、春の風に乗せられた砂ぼこりがふわりと立っていた。

後ろ姿を最初に見た。

グレーの上着を着て、白の方が多いごま塩頭をごくごく短く刈りそろえている。

その後ろ姿でわかった。

あの人は、自分を求めている、と。

その不安そうな肩、少し上を見上げている頭の角度、ふらふらと目的を探して泳いでいる手……彼は行く当てがなくて途方に暮れている。

どきどきしながら、そっと近づく。まだ気がついていない。手を伸ばして背中に触れようとする直前、くるりとこちらを振り返った。伸ばしかけていた指先を引っ込めた。

少し驚く。しかし、彼を怖がらせないため、平静を装った。

やっぱり。

彼はおびえている。たぶん。

何におびえているかと言えば、それは何かを失っておびえているのではなく、失ったものが何かすらわかっていないことにおびえている。

にっこり微笑《ほほえ》みかけてみた。

それに応えてくれたりはしない。むしろ、困惑のさざ波が顔中に広がっている。けれど、彼はこちらを頼るしかない。他に誰もいないのだから。


わたしはどこに行ったらええんでしょうね。


彼の声を初めて聞いた。平板な抑揚のない声だった。普通の老人の声。若干、弱々しくかさついている。だけど、優しそう、悪い人ではなさそうだ。まあ、それはどちらでもいいのだけど、いい人ならそれに越したことはない。

やっぱり、やっぱり、やっぱり、やっぱり。

心臓が、胸の内の声に合わせて高鳴る。

思った通りだ。その弱々しい視線に、期待で胸がふくらむ。彼こそずっと探していた人、ずっと出会いを待っていた人。

そっと肩に手をかける。

どこでも行けますよ。どこにでも、お連れします。

力強く肯定する。

でも、どこに行ったらええのか、わからんのですよ。

大丈夫です。

間髪容《かんはつい》れず、さらに深くうなずいてみせた。

どこにでもお連れします。だけど、まずはうちに来ませんか。

肩にかけていた手を下ろし、彼の手の中に自分の手を入れる。彼は視線を下げ、じっとそれを見つめている。

さあ、私の家に行きましょう。

＊　＊　＊

まず覚えているのは、熱いアスファルトだ。

ということはあの袋小路の道も舗装されたあとだったのか。なら、藍《あい》は三歳にはなっていたはずだ。生まれたばかりの頃は砂利道だった。

記憶があるわけではないが、お宮参りが終わったばかりの、着物姿の母と祖母に抱かれている写真が残っている。藍が生まれる前にいなくなったと聞かされている父親の姿はもちろんない。母は若く、輝くばかりに美しく、藍に頬ずりをしていた。祖母もまだ若くてしゃっきりしていた。藍だけが泣き出しそうなうっとうしい顔だった。誰が見ても、父の不在以外は幸せな良い写真で、長く実家の居間に飾られていた。「まるで女優さんみたい」とお世辞を言うものさえいるほどの、母の美貌だった。

だから、わかる。記憶の中にアスファルトがあるなら、それは三歳以降だと。

藍はそこにしゃがみ込んでいた。

近くには数人の男の子と、その子たちの中の一人の母親がいた。男の子たちは捕ったばかりの虫が入ったプラスチックのカゴを前に騒いでいた。

藍も仲間に入れて欲しくて口を挟んだ。

「その虫、どこで捕ったの？」

男の子たちは答えなかった。

「もしかして、坪井《つぼい》さんち？」

藍は自分たちの家の裏にある、元は農家で今は大地主、彼らの大家でもある家の名前を言った。そこは、広い敷地があり、家の裏が崖になっていていろいろな木が植わっていた。

当然、たくさんの虫がいたし、図鑑に載っていないような不思議な花を見つけることもできた。各家の塀を登れば入ることができる。ただ、危ない場所だから、大家からも親からも絶対に入ってはいけない、と厳しく止められている所でもあった。

「いーけないんだ、入っちゃいけないんだよ」

「うるさいな、女は黙れ」

中で年長の、小学校中学年の男子が言った。

藍は驚いた。そんなことを今まで言われたことがなかったから。藍の家には「男」がいなくて、時々、藍の母や祖母が口にする「男」は否定的なものばかりだった。

「そうよ、女の子は口を出さないで」

　さらに驚いたことに、そこにいた、誰かの母親……たぶん、袋小路の家の主婦の一人がそれに同調するように藍をいさめた。

　猛烈な恥ずかしさと、悔しさが藍を襲い、自分の涙がぽたぽたとアスファルトに落ちるのが見えた。

　体が熱くなるほど悲しかった。幼い頭ではわからない。でも、何かが間違っている、と思った。しかし、そこを離れることもできなかった。離れれば涙のあとが見えてしまうし、自分が傷ついたことに気づかれてしまう。

　幼いのに、そういうプライドだけは高かった。

「藍ちゃん」

　そこに誰かが来て、声をかけてくれた。

「藍ちゃん、あっち行こ。あっちで遊ぼう」

　藍の手を引っ張って、そこから連れ出した。

「おかしいよね」

　袋小路を出て、彼らが見えなくなったところで彼女は言った。

「女なのは、私たちが悪いんじゃないよ。生まれつきなんだから」

　びっくりした。藍が考えていたけど、どうしても形に、言葉にできなかったことを、ぴったり言い当ててくれたから。

それが、藍の持つ、人生最初の記憶だ。藍がはっきり自分の意思を覚えている、最初の記憶。

「北沢《きたざわ》さん」

その声を藍は遠くで聞いた気がした。膝が焼けるように熱かった。

「面会の北沢藍さん」

はっとして腰を上げる。若い制服姿の女が回覧板のようなクリップボードを手に名前を呼んでいる。

「はい、私です」

熱いのは近くに置かれた、大型の石油ストーブだった。入ってきた時は体が冷え切っていたので触れそうなほど近くに座っていたのだ。しかし一時間近くも待たされて、ストーブの近くにあった膝はパンツの化繊の生地が溶けそうに熱かった。

「こちらにどうぞ」

藍は女のあとを追った。

実家の台所で祖母を刺した母が留置所に入っている、と聞いたのは昨日のことだった。

「面会に来て欲しいと、お母様が要望されています」

いったい、どこで自分の連絡先を知ったのか、と思いながら弁護士を名乗る男と電話で話した。結婚してから十年以上、会っていなかった祖母と母だった。何年か前に携帯の電話番号だけは祖母に伝えてあったから、そこから聞いたのかもしれない。

お母様……おおよそそんなふうに形容される人間ではないし、それを弁護士も百も承知で話しているに決まっていた。

「断ってもいいんですか」

「もちろん、ご要望に応えるかどうかは、鈴木《すずき》さん次第です」

藍が離婚したことは、母も弁護士も知らないのだろう。久しぶりに夫の姓で呼ばれた。しかし、弁護士の答えは早すぎた。断られることに慣れているのか、断られても仕方ない母親だと思っているのか。

「ただ、それでしたら、できたら、携帯電話の請求書が実家に届いているはずなのでそれを払っておいて欲しいそうです。払ってもらわないとつながらなくなるので急いで欲しいと」

「留置所に入っていればどっちにしろ連絡は取れないでしょう」

「まあ、そうですが」

藍は薄く笑ってしまった。

「なんですか」

弁護士が初めていぶかしげな声を出した。

「いえ、そんな言付《ことづ》けまで弁護士さんが伝えてくれるんだな、と」

「便利屋みたいなものなんですよ、弁護士は」

「なんか、すみません」

「それもできないなら、隣の家の馬場美代子《ばばみよこ》氏に頼んで欲しいそうです」

久しぶりに、美代子の名前を聞いて、ふっと心を動かされた。「隣のみよちゃん」、文字通りの隣の家に住む、美代子さん。確か藍の八つ年上だ。

「美代子さん、まだ、あの家に住んでいるんですか」

携帯代金を立て替えてもらえるほど親しいのか。

「存じ上げませんが、お母様はそう言っておられました」

「もしかして、祖母の救急車を呼んでくれたのも美代子さんですか」

「さあ、そこまではなんとも」

そこでやっと藍は思い出した。

「祖母の容態は？　助かったんですか？」

「あ、すみません。こちらから最初に申し上げるべきでした」

弁護士は慌てたように謝った。

「入院されてますけど、お元気です。たぶん、一週間くらいで退院されるかと思います」

「そんなんで大丈夫なんですか」

「はい。数センチの傷なんですが、頭なので、わざわざ救急車を呼んだみたいですね」

その程度で救急車を呼ぶなんて、とどこか非難されたような気がした。

「じゃあ、逮捕される必要なかったんじゃないですか」

「それでも、かなり出血されたので。病院で娘に刺されたと話され、警察に連絡が行ったみたいです」

「なるほど」


あの時……藍の手を引いてくれたのはいったい誰なんだろう。

父親には会ったことがない。物心ついた頃、母の孝子《たかこ》は実家と男のところを行ったり来たりしていた。けれど、三歳くらいの時はまだ家にいたはずだ。

藍を助け出し、「女であることを責められるのはおかしい」と教えてくれたのは、孝子なのだろうか。

そうしているうちにドアの前に来た。

彼女は黙ってドアを開け、藍を面会室にいざなった。テレビドラマなどで観るのとよく似た、真ん中に透明の間仕切りのある部屋だった。

藍が入るのを見計らったように、向こう側のドアが開き、別の制服姿の女と一緒に母が入ってきた。こちらの制服は小太りの中年女だった。

母の痩せた頬、白髪交じりのソバージュヘアは昔から変わらない。若い頃は白髪はなかったものの、ずっと同じ髪型だ。今はそれにジャージのようなものを着ている。

北沢家の女たちは皆、顔の彫りだけは無駄に深い。目が大きくくぼんでいて、鼻が高い。口元は大きく引き結ばれている。若いうちは一見、美人にも見えたし、化粧すると必要以上に派手にふしだらになった。ある種の男たちからは熱狂的に好まれ、日本の大半の男には怖がられた。

しかし今、藍の前にいるのはただ気難しそうな、年老いた女がいるだけだ。そして、数十年後、自分もまた同じような顔になるはずの。

「久しぶり、元気？　来てくれてありがとう」

言葉とは裏腹に、笑顔はなかった。

「いつから実家に住んでたの？」

母の問いに答えることもなく、藍も尋ねた。こちらを見れば元気かどうかはわかりそうなものだ。

「半年くらい前からかな。お祖母《ばあ》ちゃんから連絡があって、ちょっと風邪をこじらせたから来てくれって言われて、それから」

本当だろうか、祖母が母を呼んだりするだろうか。昔から二人は仲が悪かったし、母が祖母を助けるなんて、殊勝なことをするわけがない。

彼女は根っからの嘘つきだ。どうでもいい、軽い嘘を息をするように吐《つ》く。

「それまではどこに住んでたの」

「西川口《にしかわぐち》」

東京と埼玉の都県境の街の名前を挙げた。いかにも母が住みそうな町だと思った。

実家があるのは横浜線沿線、町田《まちだ》と八王子《はちおうじ》の間で、そことは遠く離れている。思いつきやついでに寄ったわけではないはずだ。

「安い飲み屋がたくさんあって、中華のおいしい店も多い。結構いいところだよ。来たことある？」

「ない」

「それで、お祖母ちゃんの看病をして……」

「それまでの生活はどうしたの？」

「え？」

「それまでの仕事とか、家とか、あるでしょう。そういうの、全部捨ててきたの？」

「いや、それは……」

やっぱり祖母が来いと言ったというのも、たぶん、嘘なんだろう。男に捨てられたとか、仕事がなくなったとか理由があって。でも嘘をつく。

母の嘘にはいろいろな理由があったが、一番多いのは、馬鹿みたいな見栄のためだった。くだらない小さな見栄のために、小さな嘘を重ねる。

そして、どんどん人が離れていく。

「まあ、いいじゃん、そういうことは」

「よくないよ」

「あんた、本当にお祖母ちゃんそっくり。たまに会うと文句ばっか言うよね」

その嘘に一番厳しく、時に殴っていたのは、確かに祖母だった。

「まだ、なんにも注意してないでしょうが」

「してるよ。その口調が十分してる」

「で、なんで刺したのよ」

母の目が一瞬大きく見開いて、そして横を向いた。

「弁護士の先生に聞いてないの？」

「聞いてないよ、ただ、ここに来いって言ってるって」

なんのための弁護士なんだよ、馬鹿か、母は横を向いて小声で文句を言った。

「弁護士だってママの言い訳聞いてくれる、便利屋じゃないんだよ」

「藍こそ、今、どうしてるの。先生が鈴木さんのところに連絡したら、もう家にいないって言ってたって」

痛いところを突かれた。電話番号が漏れたのはそのルートか。

「藍は家を出ましたって言ってたらしいよ、鈴木さん」

「あの男、そんなふうに言ったの？」

かっとして、さらに尖《とが》った口調になった。

「違うの？」

しかし、真実はさらに言いにくい。

顔を上げたら、きっとにやにや笑う母の表情が目に入るだろう。藍の弱みを見つけて喜んでいるはずだ。

しかし、実際、上を向いたら、そこにはこちらを気遣う目があった。

「別に」

調子が狂って、口ごもってしまった。

「そういう言い方はないでしょう。心配しているのに」

「じゃあ、あんたはどうなのよ？　さっきからこっちも聞いてるでしょう。なんで、お祖母ちゃん、刺したのよ」

親子が言い合いをしているのに、制服の女たちは表情を変えることがない。孝子の方の女は持参の資料を読んでいるし、藍の方も存在を消している。慣れているのだろう。

「……うるさいんだもん」

やっと母が言った。

「うるさい?」

「早く帰ってこいとかさー、酒は飲むなとかさー、こっちは中学生じゃないって言うの!」

そんなことで、と言いかけて、少し母に共感している自分に気づく。

藍は二十五の時の子で、今三十三だから、母は確か五十八だ。いい歳《とし》でそんな小言を言われたら、ちょっとかっとなるだろう。

もちろん、刺すなんて、言語道断だが。

「それで刺したの?」

「刺すつもりなんてなかったさ。あんまりがみがみうるさいから、台所から包丁出したわけ。そしたら、あいつが『お前に刺せるわけない』とか笑うからあ。脅かそうと思って包丁をこう前に出したら」

手でこちらを刺すしぐさをする。

「あいつ、びっくりしたのか、いきなり転ぶんだもん。頭に刺さっちゃって。したら、どばあっと血が噴き出てさ。痛い痛いって、走り回るから家中に血が飛び散って」

母の話を聞いているうちに、はあ、と知らず知らずのうちにため息が出てしまった。

売り言葉に買い言葉で刺してしまった母に対するため息が半分、人をどこかいらつかせる言葉をいつも言わずにいられない祖母に対するため息が半分。

「飛び散ったの？」

「本当にどばあっと」

母が身振りで、祖母が頭を抱えて「ぎゃー」と叫びながら走り回る様子を演じる。

「顔が真っ赤になって、地獄絵図だったよ。お化け屋敷。こっちの方が怖くて」

しばらく我慢したが、こらえきれなくなって思わず噴き出してしまう。母も笑い出した。

母とはこういう、辛辣《しんらつ》なユーモアと言うか、笑いどころが昔から似ている。

「それでさ、藍」

気づくと母が上目遣いでこちらを見ている。

「ここから出してくんない？」

「え？」

「保釈金、払えば出られるんだって。貸してくんない？」

ヤバい、と思った。

ほんのわずかながら、母に同情している自分に向こうが気づいたのだろう。

そういう弱みを握るのは何よりもうまい女だった。

「保釈金ていくら？」

いけない、いけない、と思いながら、つい、口を滑らせてしまう。それを聞いたら、母のような人間にはほとんど「イエス」の答えだと誤解されてしまうのに。そして、誤解したふりをしてさらにせまってくることがわかっているのに。同情と懐かしさと、そしてほんの少しの好奇心が勝ってしまった。

「百万」

母が、まるで池の鯉が餌を食べる時のような、丸い唇を突き出して言う。口紅を塗っているはずはないのに、きれいな赤色だ。

「百万！　そんなの無理に決まっているでしょう」

「だからさ、他の人にも頼んでみてよ。鈴木さんや鈴木さんの親にもさ」

そんなことできるわけない。藍の身内を心から馬鹿にし、さげすみ、そして、巻き込まれることを何より怖がっていたあの男に。さらに、そのことを彼に吹き込んでいた義父母に。

たとえ結婚していたって頼めるわけないのに、今さら。

離婚した時に持っていた貯金は、引っ越しと敷金礼金で半分近く消えた。今の仕事だってやめるかもしれないのに、そんな大金出せるわけない。

「別に取られるわけじゃないのよ。あたしが逃げなければ、ちゃんと返ってくるお金なんだからさ」

「無理だって。それよりお祖母ちゃんに謝って、被害届を取り下げてもらえばいいんじゃない」

昨日、弁護士から聞きかじった知識であやふやに言った。

「やだよ。それだけはやだ。なんであいつに頭下げなきゃならないんだよ」

即座に反応したところを見ると、母も当然、同じことを言われているのだろう。

「だけど、同じ家族の中で馬鹿みたいじゃん。そんな百万のお金なんて」

「金はちゃんと返ってくるって。あたしが逃げなければ」

母はおどけているのか、ぺろりと舌を出す。そういうところが信用できないのだ。

「そうだけど」

「あーいー、あいこお」

母はこういう時、藍をあいこと呼びながら体を左右に揺らす。

「出してくれたら、あんたに、あたしのもの、なんでもやるからさ」

「お母さんのもので、欲しいものなんてないもん」

「カルティエのブレスレット、あんた欲しいって言ってたじゃない。ヴィトンのボストンバッグもあるよ」

そんなのいつのことだと思ってるんだ。もう十年も会ってなかったのに。

「そんなこと言うなら、お母さんが今付き合ってる人に出してもらえばいいじゃない」

やっとわずかに反撃する。

「だって、貧乏だもん、今の人」

「へえ」

平然とうなずきながら、心のどこかで否定して欲しかった、と思ってる自分に気づく。

祖母との喧嘩の原因が元を正せば男だったようだから、そんなわけないのだが。でも、「男なんていないよ、そんなの」と言ってくれることを望んでいる。望んでいた。いつでも。

「町田のはずれにある、さびれたバーのバーテンダーだよ。お金あるわけないじゃん」

「その人、西川口の人じゃないの？」

「西川口のわけないでしょ。西川口と別れたから、こっちに戻ってきたんだよ。当たり前じゃん」

ほら、嘘がこぼれた。

しかし、こちらに来たばかりでもう新しい男ができているんだろうか。

「西川口はアパート経営とかしてたから、結構金あったのに」

「じゃあ、そいつに出してもらえばいいじゃん」

「だから、金も出さなくなるほどこっちに興味がなくなったから別れたの。馬鹿か」

馬鹿、は西川口の男ではなく、藍に向けられたものだろう。それは母の口癖だった。

知っていても頭に来て立ち上がる。

「あーいー、お願いお願い。ここから出してよお。ここ、一部屋八人の雑魚寝《ざこね》で厳しいんだよお。隣にくっさい婆《ばばあ》が寝てるし」

それなのに、こちらを拝むようにする母を拒否しきれない。

「ね、狭いところ嫌いなの、藍はよく知ってるじゃんね、ね」

「……私だって嫌いだよ」

同じ女に育てられたのだ。嫌になるほど知っている。

祖母には何度も押入れに閉じ込められた。

ある時、何度も何度もママ、お願い、助けてと手を合わせていたら、本当に母が来てくれた。

「藍になんてことすんだよ！」

母は怒鳴って、その時だけ藍の手を引いて家を出てくれた。あの日の記憶だけで母を捨てられない。数ヶ月で元に戻されたが。

「だったら」

「ちょっとがんばってみるけど、期待しないでよ」

捨てぜりふのように言ってみたけど、まったく迫力がないのは自分が一番よくわかっていた。何より、ほとんど心の中で、了解を出してしまっている。

「お祖母ちゃん」

四人部屋の廊下側に祖母は寝ていた。藍が声をかけると、布団に覆われていた頭を起こした。頭に包帯がぐるぐる巻かれており、切られたと思《おぼ》しき、こめかみのあたりに一段と厚いガーゼが貼られていた。高級メロンのような、それとも焼き豚の塊肉のような、白いネットを被《かぶ》っている。少なくとも見た目は痛々しい姿だった。

今の病院は相部屋といっても、大きなカーテンで各々を囲っているのでほとんど他の人の顔は見えないようになっているらしい。これなら気が楽だろうとひとりごちた。

「ああ、藍、来てくれたの」

大丈夫？　と言ったらいいのか、びっくりしたよ、と言った方がいいのかわからなくて、藍は黙ってベッドの傍《かたわ》らに腰を下ろした。

祖母の顔立ちは大きくは変わってなかったものの、白髪が多くなり、頬がこけている。八十歳という年齢を考えれば当然ではあるが、老《ふ》けている。

こちらとも十年以上会っていなかったのだ。しかし、それを藍も祖母も言わない。言えないくらい時間が経《た》ってしまった、ということかもしれない。

「お友達の誰かが来たの？」

枕元の棚に小さな花籠《はなかご》が飾ってあるのを見て、救われたような気分になって尋ねた。

「……来るもんか。こんなの恥ずかしくて誰にも言えないよ。娘に刺されたなんて」

恥ずかしいと言うわりに、大きく通る声だったので、藍の方があたりを見回した。

「皆、知ってるよ」

では、病室内の関係は悪くないのだろうか。

「そう……踊りの人たちは？」

昔から祖母はずっと日本舞踊をやっていたはずだ。子供の頃、母と同じで整理整頓できない祖母は着物を、包んだたとう紙のまま部屋に積み上げていた。それらを着た翌日は、足袋《たび》やら帯留めやら紐やらが、部屋にいっぱいちらばっていたっけ。

「あんなの、もう、何年も行ってないよ」

「そうなの。じゃあ、この花は自分で買ってきたの？」

「そんな金ないよ。隣のみよちゃんが持ってきてくれたんだよ」

みよちゃん……美代子の名前を聞くのはこの短い間に二回目だった。そんなに祖母たちの生活の近くにいるのか。

「みよちゃんが？」

「あの子だって、お祖父《じい》さんの介護で忙しいだろうに、その合間にお見舞いだってきてくれたんだよ。本当にいい子なんだから」

黙ってしまった藍の顔を見て、祖母はさらに言葉を足した。

「結局、娘のできっていうのはそういうところかもしれないね。学校の点数なんかじゃなくてさ」

藍が、意外に成績がいいと祖母たちが気がついたのは、中学最初の定期テストだった。それまで、別の生徒と大きく差がつくような試験を受けたことがなかったから、自分がどのくらい能力があるかなんてわからなかった。それが、勉強をしたわけでもないのに、すべての科目が八十点以上、特に国語と始まったばかりの英語の点が良く、どちらもクラスで二番だった。

この結果に予想以上に喜んだのが祖母だった。

「藍はできるんだから、ちゃんと勉強させたら、いい学校に行けるかもしれない」

急にそんなことを言い出して、藍の尻を叩いたのである。

しかし、本当は、祖母が大騒ぎするほどではなかった。数学や理科は並より少しいいだけで、総合では一番良くてもクラスで五、六番というところ、学年では三十番そこそこだ。そのままの成績では学区内の公立高校のトップ校には届かず、二番手か三番手に行けるくらいでしかなかった。

けれど、娘の孝子の成績が悪く、やっと入った高校も早々にドロップアウトする状態だったので、祖母ヤスにとって、藍の成績は夢のようなものだったらしい。

「この子はちょっと頭がいいんですよ」

親戚や近所は言うに及ばず、タクシーの中やスーパーのレジで、運転手やパートのおばさんに自慢するほどだった。そのたびに藍は顔から火が出そうに恥ずかしかった。

「私はなんにも教えてないのに、この間のテストでもクラスで三番とかでねえ」

「そういうのが一番頭がいいっていうんじゃないですか」

「まあ、そうでしょうね」

聞かされた彼らは、仕方なさそうに相づちを打ってくれた。

美代子のことで、勉強ができた自分を当てこすっているということはわかっても、藍はそれに口答えする気も起きなかった。全部事実であったから。

二年生になる頃には、次第に成績が下がり始めた。ただ勉強しろと壊れたおしゃべり人形のようにくり返すばかりで、教科の疑問点どころか、勉強の仕方さえ教えられない祖母の元ではそれ以上の伸びが期待できるはずもなかった。

そんないい加減な教育ママであった祖母でさえも、二年の二学期に、藍が平均点に届かない点数を連発した時には、このままではさすがにまずいと思ったのだろう。塾でも行かせるか家庭教師でも付けたいと言い出した。しかし、金がなかった。

「ママはどうしてる？」

祖母は目をつぶったまま、尋ねた。

ふっと胸に懐かしさがこみ上げてくる。孝子のことを、面と向かっては「お前」だとか名前だとかで呼ぶけれど、藍には「ママ」と言う。それもまた、十年ぶりだった。

「……留置所に入ってるよ」

「そう」

祖母が被害届を取り下げれば、母はあそこから出られるのだ。母はああ言ったけど、保釈金を集めるよりずっと効率がいい。

でも、今、祖母が母をどう思っているのか、見当もつかなかった。話しながらおいおい探れればいいと思っていたら、彼女の方から口火を切ってくれた。けれど、そのまま黙ってしまった。

「傷の状態はどうなの」

仕方なく、質問をして話をつないだ。

すると祖母は目をつぶったまま、頭のネットをめくった。厚いガーゼの下に大きな絆創膏《ばんそうこう》がちらりと見えた。それをはがそうとするから、慌てて止めた。

「いいよ、いいよ、そのままで」

それでも、傷がちらりと見えた。縫った跡が痛々しい。さすがの祖母も、テープで皮膚が引っ張られたのが痛かったのか、顔をしかめた。

それでも傷を見て、藍は思わず叫んでしまった。

「そんなもんなのっ」

「いや、その程度の傷で救急車を呼んだのかと思って。被害届なんて大げさだったんじゃない？」

「なんだって？」

恨み節がついこぼれてしまう。救急車を呼びさえしなければ、そんな傷には絆創膏でも貼って過ごしてくれれば、こんなところを藍がうろうろすることもなかったのに。

「ものすごく血が出たんだよ。なんか、ものすごく血の出る場所なんだって。なんとかって、血管も切れたんだよ。このあたりから」

祖母は自分の顔の左側を手のひらで覆って、首元まで移動させる。

「血がべったり流れて、顔が血だらけでね。みよちゃんが驚いて救急車を呼んでくれたんだから。あんたも家に行けばわかるよ」

では、恨むべきは美代子なのか。

「病院に着いた時は着ていたものが血でぐっしょり濡れてたくらいなんだから」

「人間ってなかなか死なないもんだね」

「ひどいことを言う孫だよ」

「いや、ただなんか不思議でさ」

「八針も縫ったんだから。刺された日はずきずきして眠れなかった」

「そうなの……大変だったね」

「とにかく、私から被害届を取り下げるつもりはないから」

そこで祖母は初めて目を開けて藍を見た。きょろりとした目玉だった。

「あんたも、あんな仕打ちをした母親のためにそんなことを私に頼むなんて気が知れない」

あんな仕打ちとは、たぶん、藍の成績が下がった時、教育費のために二人で母親とその愛人の家に出かけて行った時のことだろう。当時、孝子はまだ三十代、大阪の北新地で大きなクラブを任せられていて、お金もあったはずなのに、けんもほろろに二人を追い返した。

しかし、その女と今同居しているのもまた祖母ではないか、と思った藍は黙っていた。美代子には一度会って、礼を言わなくては、と思った。

元住吉《もとすみよし》の自宅に着いたのは夜の七時頃だった。

この頃は日が落ちるとすぐに暗くなり、しんしんと冷えてくる。

ブレーメン通り商店街をまっすぐに歩いて、住宅街や学校のある通りを抜けると、駅から徒歩十二分と不動産屋に言われながら、実際には十五分近くかかるアパートに着く。

元夫と子供たちは隣の駅の武蔵小杉《むさしこすぎ》のタワーマンションに住んでいる。義父母たちは逆に隣の日吉《ひよし》に住んでいた。日吉からバスで十分ほどのところにあるので、地域も違う。

それでも元夫と義父母に挟まれるような場所は本当は落ち着かなかった。子供たちの近くにいたくて選んだ。呼ばれればすぐに自転車で駆けつけられるような場所に。そんな機会は一度もなかったが。

商店街を抜ける間、数多くの飲食店があり、数百円の金でおいしく腹をふくらませられるチェーンのそば屋や牛丼屋もたくさんある。ふらふらと入りそうになる疲れた体を、歯を食いしばるようにいさめて部屋まで帰ってきた。

六畳一間、ユニットバス・トイレ付き、一応小さなキッチンと流しもある。管理費込みで四万八千円。けれどガスコンロは台だけで、付いていなかった。長男が小学校に入った時から続いている、武蔵小杉の事務用品のリース会社での事務のパートは時給千円で一日六時間、週四回。源泉徴収を引かれると十万に少し足りないほどの額になる。ぎりぎり家賃が払える額だ。保険や年金はまだ手続きしていない。貯金を少しずつ取り崩している。

「いつどこで俺や子供に会うかわからない場所なんだから、すぐにやめろよな」

元夫が離婚に際して出した条件の一つだった。

「だいたい、続けるっていう了見がわからないよ。俺らどころか、マンションの人や学校のママ友にもいつ会うかわからないのに」

なんでも嫌みを言ったり、藍の性格否定をせずにいられない男だった。それは結婚中からずっとそうだ。

離婚して引っ越すと聞いて、「オーブンレンジを買い換えようと思ってた」と言って、くれた友達もいた。今はそれだけが調理器具だ。

「ヘルシオが欲しくて」

拝むようにしてありがたがる藍に、彼女は無表情で言った。十五万もするスチームオーブンを買うために、これまで使っていた安物のレンジを手放したいだけだったらしい。

「でも、旦那は今のがあるのにもったいないって言うの。友達でレンジも買えないくらい困ってる人がいるって言ったら、やっとわかってくれた」

同じタワーマンションに住んでいた、長女と同級生のママ友だった。平日の昼間、その旦那も子供もいない時間を指定され、古い型のオーブンレンジを玄関先で渡された。お茶も水も勧められなかった。体をずっと小刻みに揺すっていて、すぐに帰ってくれと言わんばかりだった。

予想していたよりもずっと重いレンジを一人でその玄関から下までおろし、自転車の前かごになんとか入れて、ふらふらになりながら運んだ。

「ママになってこんなに気が合う人と出会えると思わなかったー」と言われたこともあったのに。

肉体だけでなく、精神的なショックもあって、あの時は何度も倒れそうになり死ぬかと思ったが、今は重宝している。だいたい、ママ友の中で連絡をくれたのは彼女だけなのだからまだましだ。あの時、深刻な感じにならないように、「実は離婚しちゃいました、テヘ(^_^;)」と絵文字まで付けてLINEを送ったのに、皆に既読スルーされていた。

今朝は鍋を食べて家を出た。百円ショップで買ってきた、インスタントラーメンを電子レンジで作る容器を使い、白菜と細切れの豚肉で作った。鍋型のプラスチック容器に蓋が付いている。そこに七分ほど水を入れ、野菜と肉を適当に入れてレンジで十分ほどチンすると灰汁《あく》も出ずに煮上がった。これなら野菜と肉が簡単に食べられ、栄養源が偏らない最低限の食事ができる。ポン酢か塩で食べるのが常だった。

最初からキッチンに据え付けになっていた、場末の宿屋の部屋にあるようなミニ冷蔵庫にその残りを入れてあった。夕飯は残り汁に醤油を差し、一玉十九円で買い置きしている茹《ゆ》でそばを半玉だけ入れて、再び数分チンした。

元住吉のあたりは安い店が多くて助かっている。たった一駅でこうも違うか、と思うほど武蔵小杉と物価が違う。さらに、ちょっと自転車で走ると、業務食材を売っている激安スーパーもあった。

キャベツでも白菜でも大根でも、その時一番安くて嵩《かさ》がある野菜を選び、鶏肉ならブラジル産、豚肉ならアメリカ産の安い肉を迷わず買う。パンは、一斤七十九円まで下がらないと買わない。これはオーブン機能で焼いて食べた。

離婚して三ヶ月、こんなに切り詰めて、粗末な食事でもなんとか生きていけるものだ、と藍は自分の妙なところに感心していた。

結婚前に貯めた五十万ほどの貯金を、元夫に秘密にしておいたのは正解だった。引っ越しと敷金礼金で二十万くらい使ってしまったが、まだ三十万ほど残っているのを少しずつ取り崩して今は二十万くらい残っている。

けれど、保釈金の百万にはとても足りない。

その日は留置所まで行って疲れたからだろうか。そば半玉では足りなくて、つい、残りのそばも足して食べてしまった。

食後、冷蔵庫からアルコール度数、九パーセントのグレープフルーツ酎ハイを出して飲む。昨夜飲んだ残り半分だからすっかり泡が消えてしまっている。今の暮らしにアルコールは贅沢だと思うが、藍の唯一の楽しみだった。それもスーパーのプライベートブランドの八十九円のものを買って、一日に半缶だけだ。

藍はスマートフォンを開いて家計簿アプリを開き、今日使ったお金とメモ欄に「明日の分のそばも食べてしまった。買い足さなければ」と丁寧に書き込んだ。

別に几帳面な性格だからではない。そのくらいしかすることがないからだ。

この生活が始まった時、暇だからいろいろ計算してみた。

米は二キロなら千円前後だが、五キロなら二千円あまりで買える。一食分、十円ちょっとだ。腹持ちも健康にもいいだろうが、今の藍にはそれを炊く手段がない。茹でうどんやそばは一袋十九円。二回に分けて食べられる。スパゲッティは五百グラムで七十八円の店を見つけた。しかし、こちらも茹でる手段がない。百円ショップにレンジでパスタを茹でられる容器や米を炊ける容器を見つけておいた。うどん、そばに飽きたらあれを試してみようと思っている。スパゲッティは一食分七十グラムくらいだから十一円ちょっと。しかし、茹でるのに茹でうどんより電気を使いそうだ。

今はとりあえず、茹でそばとうどんで空腹をしのぐのが正解のようだ、と落ち着いた。しかし、できるだけ早くガスコンロが欲しい。お湯を沸かすものがないのは本当に不便だ。今はカップに水を入れてレンジでチンしているけれど。

結婚している時、外国産の肉なんて買わなかった。贅沢をしているわけではないが、子供の健康のために国産の肉を買った。

今の仕事をやめて、もう少しちゃんとした仕事を見つけなければならないだろう。震災から三年、アベノミクスとやらで売り手市場だと聞いているが、三十三歳、ろくな職歴、特技なしの自分に定職なんて探せるのだろうか。

しかし、そうしなければならない。嫌みを言うばかりで、実行力なんてなんにもない、義父母の言いなりの元夫の言葉なんかは無視できる。

でも、あそこには、今の職場には、離婚の原因となった不倫相手の高柳《たかやなぎ》がいる。

家の近くの、格安ファミレスで元夫の章雄《あきお》を待っていると、数年前にここでマンションの売買契約をした時のことを思い出した。

人気の地区で、海外赴任する家族がまだ十年も住んでいないタワーマンションを手放そうとしている、という話に飛びついてしまった。中古でぎりぎり七十平米を切る広さとはいえ、一応、税抜きでも五千万以上したのだった。もう少しましな店で契約できないかと思ったが、不動産会社の男は購入が決まると露骨に邪険になった。

まあ、当時マンション人気が出始めた頃で、他にいくらでも買い手がいるという状況だったから仕方なかったのかもしれない。

平日の昼間で、元夫は会社を半日だけ休んでいた。いつも新品に見える背広を取っ替え引っ替え着て、高級ダイバーズウォッチを隠そうともしない若い男は「お休みいただいて申し訳ありません」と口先だけ謝った。

注文したのは三人とも二百九十円のフリードリンクのみ。藍がデザートを付けようとすると、これまた露骨に嫌な顔をされ、さっさと「ドリンクだけ」とウエイトレスの女の子にメニューを押しつけたっけ。

そこまで思い出したところで、どさりと音がして、安物のダウンジャケットを着た章雄が藍の前に座った。ポケットに手を入れ、まるでだるまのような姿のまま、藍を濁った目で見た。

「何？」

挨拶も何もなしにそれはないだろう、と思うが、いちいち怒っていても仕方ない。

「章人《あきと》と茜《あかね》は元気？」

こちらも挨拶せずに聞いてやる。

「章人は元気、茜は風邪引いた」

「え。ほんと？　ちゃんと寝る時も靴下はかせてる？　あの子、足首を冷やすとすぐ熱を出すから」

「子供のことで、お前に言われることは何もない」

「それ脱いだら。あなたも汗かくとすぐに風邪引くでしょう」

藍は顎をしゃくってジャケットを指した。意外に素直に元夫はそれを脱ぎ、丁寧に畳んで隣の席に置いた。藍の忠告に従ったわけではなく、何より自分の健康が大切な男だからだ。ジャケットにはダウンが入っているからふわりと広がる。しかし、諦めずに何度も何度も彼はそれを手で押さえつけた。そういう妙に几帳面なところがある人間だった。厳しい親の躾《しつけ》のせいだ。

そこに若い女のウエイトレスが来た。

何もいらない、と言おうとしていたのはわかった。ただ、彼女を見ると気が変わったようで、「じゃあ、ドリンクバー」と言った。

ウエイトレスはすらりと背の高い、モデルのような、気の強そうな美女だった。夫の好きなタイプだ。彼女を見て、気を変えたというか、気後れしたのだろう。

わかりやすい馬鹿だ。ここで数百円使っただけで、あの子を落とせるわけでもないだろうに。

「それで、何」

「茜にちゃんと靴下をはかせて」

二つの言葉はほとんど重なった。

「わかったよ、だから何」

ドリンクバーを頼んだはずなのに、飲み物を取りに行こうとさえしない。

「……お金貸してくれる？」

もうここは単刀直入に言った方がいいだろうと思った。どんな策を講じても頼むことは一緒だ。

元夫は横を向いて薄く笑って、髭のあたりを手のひらでこすった。合意の笑いではない。親しみの笑いでも、もちろん、喜びでもない。むしろ、照れたようにさえ見えた。

「なんでよ」

まだ、その笑いを残したまま、こちらを見て言った。

「なんで、お前に俺が金を貸さないといけないのよ」

笑ったのではなくて、ただ単に唇をゆがめただけだったかもしれない。

もしくは、哀れみ、もしくは、藍を貶《おとし》めることがこれからできる喜び。

「理由とかいいじゃないよ。ただ、貸してよ」

「だから、なんで俺が貸すと思ってるのか聞いてんの」

章雄の笑みは今はもう、はっきりしたものになっていた。

「疑問だよ、不思議だよ。俺がお前に貸す義理があると思ってるなんて」

「義理なんて言ってないよ」

「他の男を作って出て行った女に金を貸す男がどこにいるんだよ」

自嘲気味な言葉に聞こえるかもしれないが、そうではない。ただ単にこちらに責任をなすりつけようとしているだけだ。

それでも藍は一瞬黙った。それは半分事実で半分事実でなかったから。

「それを自分の親に教えられるんだからなあ」

調査会社を使って、藍の不義を暴いたのは彼の両親だった。さらに藍をひるませるために、言葉を重ねる。

「俺の立場にもなれよ。これほど情けないことがあるかよ……」

「悪いとは思ってるけどさ」

つい、卑屈な言葉が出てしまった。

「悪いとは思ってるけど？　とは？　けど？　どういう意味？　悪い以外の何ものでもないだろ」

藍は黙った。昔から夫と言い合いをするのは苦手だった。それが始まると絶対に言い負かされる。絶対に侮辱される。絶対に泣かされる。

なんでこんな男にずっと我慢していたんだろう。

「お前、乾いた女なんだよなあ」

「え」

「乾いてるっていうの。身も心もパサパサのかさかさでさ。俺にも子供にもたいして思い入れ、ないだろ」

「そんなことないよ」

「一緒に暮らしてるのに、時々、ぜんぜん、お前のことがわからないって思わされる。表面も中身も乾いてて、人を寄せ付けない」

だから、そんなことないって、という言葉は声にならなかった。

本当にそうかもしれない、自分は乾いた女なのかもしれない。

「しらけるんだよなあ。そういうの」

「勝手に決めつけて、勝手にしらけないでよ」

言い返してみたけど、弱々しいのが自分でもわかった。

「一度ぐらい、捨てないでとか、泣いてすがりついてみろよ」

「すがりついたら、許してくれてたの」

気がついたら、そんなことを言ってしまっていた。許してくれてたの、なんて、どうして言ってしまったのだろうか。

「許さないけど」

彼はへらへらと勝ち誇ったように笑った。

思った通り、こちらがわずかでも気を抜いたら、そこに付け込まれる。しまった、と思ったとたん、彼は一瞬、顔をこわばらせた。

それなのに、不思議だよ、浮気するなんて、他の男ならいいのかよ。

そこだけはつぶやくような声だった。彼が少し気の毒になった。

「じゃあ、行くよ」

何も飲まず、元夫は立ち上がりかけていた。

「ちょっと待ってよ」

いくらかわいそうに思っても、この機会を逃すわけにはいかない。

「時間ないんだよ」

「……私、知ってるんだよ」

「え」

ついに藍は言ってしまった。

「知ってるの。あなたの女のこと」

ひるむかと思ったのに、彼は一瞬目を見張っただけですぐに平然とした表情に戻った。ふてぶてしいほどの無表情に。

「あのさ、前もちょっとそんなようなこと言ってたけど、結局、なんなわけ？　この際だからちゃんと説明したらいいじゃん。はっきり言えよ」

夫はまた座り直した。ジャケットは着たままだし、貧乏揺すりは始まったけど。

義父母や子供がいないところでは態度がでかくなる。怖いものは何もないようだった。

「私、あの時は確証がなかったから言わなかったけど、本当は知ってたんだからね」

「だから、何を知ってたんだよ。言えばいいだろう」

あの時は藍の発言を封じるためにずっと怒鳴りまくっていた。藍が口を開こうとすると、お前には発言権がないと言って。

「女がいるってずっとわかってた。あれでしょ、会社の部下の女。家に一度来たことがある」

「だから、証拠もないのに何言ってるんだよ」

怒鳴ったけど、声に力がなかった。

誓って言うが、元夫に女の存在を感じたのは、藍がパート先の上司と寝るようになるずっと前だ。

タワーマンションに越した時、あんまり嬉しかったのか、彼は会社の同僚たちを家に呼んだ。文句を言いながらも、それを承諾した自分もあの時は浮かれていた。

それまで家族四人、四十平米ほどの1LDKの賃貸マンションに身を潜《ひそ》めるように暮らしていたから荷物も少なく、部屋にまだ余裕もあった。

最上階ではないけれど、中層階でそこそこ高さもあり、横浜のみなとみらいのビルが見渡せた。見知らぬ人を嫌がる娘に気を遣いながら、藍はキッチンとリビングの間を小間使いのように行き来した。

その五、六人の客の中に、一人、妙に藍につっかかる物言いをする、若い女がいた。

――いつも家にいるなら、この眺めは格別でしょうね。

――友達に専業主婦志望の女の子がいるんですけど、働いてないなんて、私なら耐えられない。パート程度の仕事じゃ我慢できない、仕事中毒気味で、かわいくない女だから。

――旦那さんだけに頼って多額のローンを組むの、私の世代ならありえない。そんな甲斐性のある男、なかなかいないもの。

「そうだよな、恵那《えな》は仕事できるもんな」

元夫が呼び捨てでいちいち相づちを打つのもうっとうしかった。一つ一つの言葉はなんでもないし、あとに巧妙な「おべんちゃら」やら「自嘲」を付け加えるから男たちはなんとも思っていなかったようだったが、その語尾や声のトーンの厳しさは徐々に藍をむしばんだ。

驚いたのは、宴会の終盤、キッチンで片づけをしていた藍に「私にお皿でも洗わせてください」と近づいてきたことだ。

「いえいえ、座っていて。今日はお客様ですから」

藍が慌てて取り繕った笑顔で断ると、真顔で「このくらいのことはしないと、あとで何言われるかわかりませんから」と答えた。

あとで何か言う、のは藍なのか、それとも会社の他の男たちなのか、判断できないうちに、彼女はシンクの前に立った。

「こんなすてきなマンション、奥さん、お幸せですね」

ただ、黙って皿洗いをしていた彼女がしばらくして口を開いた。妙に年寄りじみた、しみじみとした口調だった。

これまでのトゲのある言葉から急に変わった恵那の真意を測りかねて、藍は答えられなかった。

「あたしも奥さんになりたい」

奥さんは一般名詞なのか、藍のことなのか、わからなかった。

「……恵那さんなら、いくらでも相手がいるでしょう」

「独身の男って、ろくなのいないですよね」

「結婚しても仕事を続けるつもりなの？」

彼女は答えなかった。

「私も昔はそう思ってたけど、子供ができたらそうも言ってられなくてね」

なんでこんなに彼女に気を遣っているのか、と自分でも思いながら、おもねるような言葉を重ねていた。

「今が幸せなら、いいじゃないですか」

驚いたことに彼女は声を震わせていた。涙ぐんでいるようだった。

「すみません。私、最近、何もかもうまくいかなくて」

彼女は慌てて布巾で手を拭いて、トイレに行ってしまった。

ただ、それだけで浮気を疑うとは、と言う人もいるかもしれない。けれど、その時、藍は夫と彼女の間にある何かを確信した。

「相手は篠崎《しのざき》恵那さんでしょ」

「違うよ、あの子、他に付き合ってる男いるよ」

元夫はすぐに答えた。けれど、目をそらしていた。

「あの、頭のいいお嬢さんがあんたのどこを気に入ったのかわからないけど、なんどか私の携帯に無言電話があったのよ。会社には緊急連絡先として私の番号を登録してあったはずだし、もちろん、非通知だったけど通信電話会社に問い合わせれば相手はわかるんだってね」

最後ははったりだった。

元夫はがくりと頭を垂れた。

「知ってる？　慰謝料とか財産分与とか、離婚のそういうのって、離婚後二年間は請求できるんだよ。財産分与はたとえ不貞があったとしても要求できるんだよ」

「それがなんだよ」

「つまり、少なくとも二年はあなた、あの女と再婚はできないってこと。そんなことしたら、私、裁判起こすよ。お金もだけど、今度は親権ももらう。絶対に諦めない」

子供に執着しているのは彼ではなくて、義父母だということは知っていた。できのいい長男を溺愛して、私立に行かせるための塾の予定を立てているらしい。

正直、彼自身は新しい女のために子供はいらないのかもしれない。

けれど、彼が親に絶対に頭が上がらないのもよく承知していた。

彼の頭がさらに深く下がり、ゆらゆらと揺れ出す。彼がひどく酔った時か、絶体絶命の時しか見せない姿だ。

「夫に不貞があった場合、慰謝料の相場って三百っていうよね」

「そんなに出せるわけないだろう。それに、お前だって不倫してたじゃねえか」

彼は最後の力を振り絞るようにうめく。その姿がさらに藍を残酷にする。

あの女、確か二十九だったはず。

「三十になる前に花嫁衣装を着せてやりたいんじゃないの？」

「何言ってんの？　意味わかんね」

「痛み分けって言うの？　私は無一文で追い出されたし、あんたの親にもひどい屈辱を味わわされたんだから、半額ぐらいもらってもいいんじゃない？」

「百五十なんてない」

「百なら？　私、それ以上はびた一文まけないよ」

彼が入社当時に入った、小額の生命保険があるはずだ。あれを解約すれば、親にも彼女にも知られず数十万の現金ができる。

「とりあえず、半額の五十万を渡す。それでしばらく待ってくれないか」

保険を解約し、彼がへそくりで貯めている分を合わせればちょうどそのくらいになる。

夫も妻のことを知っているかもしれないが、妻は夫のことをずっとよく知っている。

彼が自由になる金ぐらいお見通しなのだ。

「残りも必ず払ってもらうからね」

言いながら、そちらの方はほとんど諦めていた。五十なら御《おん》の字だ。

「わかった。けど、それを渡したら、これっきりにしてくれ」

「来週の今日、同じ時間に持ってきて。とりあえず五十万」

最後の言葉の答えも聞かず、藍は立ち上がった。これを目指していた。こっちが先に去ることを。

店を出て、ポケットの中のスマートフォンを握りしめた。

藍は今の彼との会話を録音していた。暗に不倫を認めた証拠としていつか使えるかもしれない。

子供はいつか必ず取り返すつもりだ。しかし、「必ず」とは思うものの、その「いつか」は遠い未来に霞んでいる。今の自分にはその方法がまったくわからない。さらに力もなければ金もない。どうやって作ればいいのかもわからない。

だが、今日はこれでいい。今日、今時点で、自分ができることはやったつもりだ。

ただ、当面の課題としてはさらにもう三十万を作らなければいけない。

母を取り戻し、恩を売ることは、今後、多少でもどこかで役に立ってくるはずだ。味方としては最低のレベルだが、いないよりはいい。今の自分には友達も味方も一人もいないのだから。そう、心に言い聞かせる。母に屈する言い訳を探していた。

それに、あんな母親でもその関係が少しでも良くなることは、もしかしたら、いつか自分と子供の関係が改善する兆しになるのではないだろうか。

そんなかすかな望みをつなぐ。


角を曲がると、すぐに道の終わりが見えた。

右に二軒、左に二軒、一番奥のとっつきに一軒。合計五軒の家が並んでいるのが藍の実家のある、袋小路だ。

藍がここを出た十五年前、左側手前の河野《こうの》さんの家がすでに無人だった。住んでいたのは孝子と同年代の子供のいない夫婦だった。なんでも、結婚して妊娠した時に子宮がんに気づき、子供を諦めて子宮を取ったということだった。夫は普通の勤め人、妻は専業主婦だったようだが、子供のいない家庭はその分裕福だったのか、なんとなくのんびりした雰囲気のある家だった。それを、孝子はろくに帰ってもきやしないのに「気取ってるよ」と嫌っていた。けれど、藍など子供には優しく、時にはお菓子をくれたりもするので、好きなおばさんだった。

彼らがいつ出て行ったのか、今一つ、記憶が定かでない。確か中学生くらいの時にはそこにいたと思うのだが。

その斜め前が藍の実家、北沢家だった。築五十年、木造二階建て、家の前に小さな庭と門があり、枯れかかったあじさいが植えてある。それが藍がいた頃からあったものか、それともあとから植えたものか、まったく記憶がなかった。

玄関からドアまでの間に一メートルほどの距離があって、飛び石の敷石があった。いや、あるはずだった。今はそれが見えない。見えないほど、落ち葉やら土埃やらが積もっている。もう何年も掃いていないようだった。そして、ドアの両脇に枯れた植木鉢やらプランターやらが積み重なるように打ち捨てられている。まあ見事なほどに、枯れていない鉢が一つもない。もちろん、ここ数日、祖母も母も家を空けているのだから、その間に枯れた、という可能性もある。しかし、その枯れ方、鉢の汚れ方を見ると、そうでもなさそうだった。片隅には昔、藍が飼っていたメダカや亀の水そうの割れたのが見えた。

ドアの前だけではない。その先の家を回り込む庭にもさまざまな道具、昔使っていたものが所狭しと打ち捨てられていた。一番大きなものは自転車で、重そうなものは洗濯機だった。そのすべてに厚い埃が積もっている。

実家の荒れ果てた姿にぞっとした。ヤスから鍵を預かっていたが、このまま家を開けないで帰りたくなった。

門に備え付けのポストには何通かの郵便物が挟まっていた。ほとんどがダイレクトメールで、ざっと宛先だけを確かめた。ヤスのがほとんどで孝子のは少ない。けれど、確かに孝子宛ての携帯電話会社からの督促状が届いていた。それらをバッグにぐっと押し込む。

ふっと、ドアの方を振り返ってしまう。

見たくはなかったが、やっぱり、確認せずに帰るわけにもいかない、と思った。どんな状態であるか見なければ対処もできない。

意を決して、バッグから鍵を取り出し、玄関を開ける。

十センチほど開いたところで、ものすごい悪臭がした。慌ててドアを閉める。

閉めても、一度、藍の鼻についたその臭いは消えなかった。

長期の旅行の前にゴミ出しをしないで外出してしまった時のような。いや、もっと強烈だ。藍が前住んでいた武蔵小杉のマンションには地下にゴミ置き場があって、いつでもそこに生ゴミを置けるようになっていた。つまり二百世帯以上のゴミがそこに集まっていたわけだが、真夏にそこの扉を開けた時の臭い。そして、そこに混ざる、生臭い臭い。やっぱり、真夏、生理の汚物を捨てる時にビニール袋がふくらんでしまってその空気を抜こうとしてうっかり嗅いでしまうあの……。

「藍ちゃん」

実家の臭いに衝撃を受けていて、後ろに人影が近づいているのに気がつかなかった。

慌てて振り返る。

「……みよ……ちゃん？」

そこには藍の隣の家、袋小路の一番奥の家に住んでいる、馬場美代子がにこにこと顔いっぱいの笑顔で立っていた。

2

「藍ちゃんでしょ。すぐにわかった」

「気がつかれちゃった？」

自分が、実家とはいえ、無人の家をのぞいているのを見られたのだ、と気づくと鼻のあたりが熱くなった気がした。

「わかるよ、そりゃあ」

ここ、袋小路はなんでもお互いが見えるのだ。

誰のうちになんの荷物が届いたのかもわかるし、誰の家で夫婦が喧嘩しているのかも聞こえる。学校の成績やら各家の主人の給料はもちろん筒抜けだし、新しいボーイフレンドができたこともいつのまにか知られている。

それが本当に嫌だった。心底、憎んでいた。ここを。

「そうだったね」

しばらく離れていたから、すっかり忘れていた。

そのくせ、防犯には弱く、一度、空き巣が入った時には誰も気がつかなかった。五軒すべてがやられていた。お互いに監視しているようなものだから、と鍵をろくにかけていなかったのも悪かった。その後、犯人はここのどこかの住人か関係者ではないか、と疑心暗鬼に陥り、しばらくおかしな雰囲気になった。

仲がいいようで、絶対に心を許さない、そんな五軒だった。

「そういえば、そんなこと、あったねえ」

お茶でも飲んでいけば、と誘われた。普段なら適当なことを言って断ってもおかしくなかった。久しぶりに会った幼馴染《おさななじみ》と話すのは懐かしさよりも面倒の方が先に立った。しかし、実家の様子にショックを受けていた藍はつい、その申し出を受けてしまった。

美代子の家に入っていきながら、空き巣の話をすると、彼女は思い出したように笑った。

「すっかり忘れてた。あの犯人、まだ捕まってないよね。いったい誰だったんだろう」

「……うちのママじゃないよ」

「何言ってるの」

美代子はドアの鍵を開ける手を止めて、こちらを振り返った。

「皆、うちのママだと思ってたみたいだけど、違うよ」

「誰が犯人だっていいじゃない」

丸みを帯びた銀縁メガネの奥の、白目に濁りがない。もう四十を過ぎて、頬のあたりなどふっくらしているのに、どこか少女っぽさが残る容姿も昔から変わらない。着ているセーターやスカートに流行のかけらも匂いもない。いったいいつから着ているのか、見当もつかなかった。

美代子の家はきれいに片づいていた。玄関を入ると、磨き上げられた土間と廊下が目に入る。そこに冬の木漏れ日が差し込んで、きらきらと光っている。

しかし、漂う臭いだけはいかんともしがたかった。小便臭さがほんのりと鼻を突く。ヤスが言っていた、寝たきりの祖父がいるのだろう。

「今、お茶を淹《い》れるからちょっと待っててねえ」

通された居間にはこたつと小さい石油ストーブがあり、畳の上にくすんだオレンジ色の、毛足の短い絨毯《じゅうたん》が敷かれていた。

どこまでも、子供の頃遊びに来た美代子の家のままだった。ここには時間がまるで流れていないようだ、と藍は思った。

藍の実家とこの家の裏には、農業をやっていた大家の坪井の家があって緩やかな崖でつながっていた。お互いの家の塀を乗り越える必要があるが、そこを通れば誰にも見られず、表玄関を通らなくても行き来することができる。子供の頃は二人でその塀を上って坪井家の庭に入り込み、柿やらビワやらを取って食べたこともあった。どちらも親には厳しく止められていることだった。

待っている間、藍はバッグを開いて、孝子の督促状を開いた。

「げ」

思わず、声が出てしまった。

そこにはひと月、三万近い数字が記されていた。近頃話題の格安電話会社を使ったり、無料通話アプリを使ったり、という知恵はみじんもなく、電話とＷｉ－Ｆｉを存分に使っている跡があった。料金プランだけは最低額だ。それで母は節約をしたつもりになっていたのかもしれないが、限度を超える電話とデータ量を使っているから、逆に高額になってしまっている。しかも、前の機種のローンが残っているのに、数ヶ月前、最新機種に取り替えていた。

「まるっきり、電話会社のカモじゃん」

請求書を破り捨てたくなるのをこらえて、バッグに突っ込む。

「どうしたの」

美代子が茶器をお盆に載せて入ってきた。藍の独り言が聞こえたのかもしれない。

「ちょっとね」

十年以上会っていなかった人に、親の恥を話すのはさすがに気が引けた。

しかし、こんな金額をあの人はこの美代子に頼もうとしてたのか。今さらながら、ぞっとした。

「今回のことでは、美代子さんにはいろいろお世話になったみたいで」

お茶を淹れる彼女の手つきを見ながら、頭を軽く下げる。

「ううん。お祖母ちゃんのお見舞いもしてくれたみたいで」

「あの病院には私も時々、行くことがあるから。インフルの予防接種に行ったついでよ。お祖父ちゃんにうつせないからね」

すっとお茶を出す手つきに目がひかれた。

大学時代にここを出たので、彼女の顔を見るのは十年ぶりでも、こうして話すのは十五年近くのブランクがある。薄く脂ののった腕の白さが際だっていた。ただ、ほうれい線が目立ち、年齢より老けて見えた。藍とは八つ歳が離れていて、たぶん、今年、四十歳くらいのはずだ。

「それでも、お祖母ちゃんのお見舞いしてくれる人なんて、他にはいないから」

話しながら、美代子についての情報がすっかり抜け落ちていることに気がついた。

確か、藍が大学生の頃、この家には彼女の父と祖父母がいた。彼女の母親は家を出ていた。彼女は家のことをするために大学には行かず、専門学校に一年ほど通ってその後はアルバイトか派遣の仕事をしていた。

その後、結婚はしたのだろうか。子供はいるのだろうか。今、どちらもないとして、恋人などはいるのだろうか。

祖母に彼女のことをもっと聞いておくのだった。まるっきりわからないと、女同士の会話ではどこで地雷を踏むかわからない。

こういう時は自分の話をするしかないが、藍の微妙な立場ではこれまた話せることは限られる。それでも、ぽつぽつと、藍の子供の話、今何歳か、だとか、どこに住んでいるか、だとかを話した。

そろそろ、いとまを告げようとした時だった。別れの言葉を告げて立ち上がろうとして、迷った。美代子の祖父、もう名前も顔もろくに覚えていない相手だったが、挨拶した方がいいのか。

面倒くさい。たぶん、ほとんどボケているはずの老人に何を言ったらいいのか、まるで見当がつかない。

気がつくと美代子が藍の顔をじっと見ていた。

一瞬の逡巡《しゅんじゅん》が顔に出てしまったのかもしれない。藍は意味もなく、美代子にへらへらと笑った。

「そろそろ帰るね、子供のご飯の用意もしなくちゃならないし」

簡単に嘘をついた。

「あのね、私ね」

美代子がそっと、重大な秘密を打ち明ける口調で言った。

「昔、結婚しようと言ってくれた人がいたの」

「え。すごいじゃん」

急な告白に戸惑った。我ながら意味のない相づちだと思った。

「でも、私はその頃からお祖父ちゃんたちの介護があったでしょう。結婚なんてできなかった」

「そうなんだ。大変だったね」

たぶん、美代子は、今自分には彼氏がいないし、結婚もしていないが、ぜんぜんモテなかったわけじゃないのだ、ということを言いたいのだろう、と思って、素直に相づちを打った。

玄関で別れた。

「また、改めてこちらに来ることになると思うから」

「ぜひ声かけて。お隣さんだもの。藍ちゃんの家の掃除、手伝うよ」

「え。中、見たの？」

美代子がいたずらっぽく笑った。

「事件の時、ちょっと見ちゃった」

あの時、喧嘩する二人を引き離して、救急車を呼んでくれたのは彼女なのだ。

「気兼ねなく声かけて」

部屋を見られたなら、もう、美代子に隠し事をする必要はないような気がした。

「お互い、親のことでは苦労するね」

靴を履こうとかがみ込んだ時、声が降ってきた。顔を上げると、潤いと憂いを含んだ顔があった。

その一言は思いがけず、藍の気持ちを震わせた。考えてみると、学生の頃家を出てから、親のことや実家のことを親身に話せたことはない。夫にもすべては説明していない。ましてや事件を起こしてからは皆無だった。

「本当にね」

こんな気持ち、わかってくれる人は他にいない。こんな話、誰にも話せない。こんな近くになんでも話せそうな人がいたとは。昔、ちょっと近所に住んでいただけでこんなに身近に感じられるものなのだろうか。

力強い味方を得たような気になって、藍は駅へと急いだ。

週明け、パート先の事務用品のリース会社に行くと、明らかに様子が変わっていた。

しかし、この、なんとなく皆、特に女子社員が「よそよそしい感じ」というのは離婚してからずっとだから、あまり気にしていない。

藍は自分のデスクに荷物を置くと、朝のお茶を淹れるため、給湯室に向かった。

数年前、ここに「事務パート職員」として採用された時、どれだけ嬉しかったことだろう。

ぎりぎり二十代だったとはいえ、子供が小さく残業ができない。そのくせレジを打ったり食べ物を売ったりする、人前に出る仕事が嫌で、ずっと事務職を希望していた。もともと募集が少ない上に事務職は希望者の多い激戦区である。美しく若い女性ばかりがずらりと並んだ面接室の前で、藍は自分がここに来たことさえ後悔していた。しかし、当時、面接してくれたのが、人事課の当時課長補佐であり、後の不倫相手の高柳正隆《まさたか》だった。今は課長になっている。

離婚が決まったあと、藍が居心地の悪さを感じながら、ぐずぐずとここをやめられないのは、高柳の存在ではない。自分がやめたらその後の応募に、大量の若い女が集まるだろう、ということがわかっているからだった。

もうとっくに終わってしまったものでも、自分から手放したくはない。

どこか恋愛にも似た、諦めの悪さで藍はそこにいた。

給湯室に入ると、女たちがすっと話をやめた。それに気がつかないふりをして、朝のお茶を用意する。

「あ、部長と課長のお茶はもう伊田《いだ》さんが淹れましたよ」

沈黙していた女が言う。

「そうですか」

「これからお茶は、鈴木さんが淹れなくていいそうです」

会社ではまだ旧姓のままだった。朝一番にお茶を淹れるのは、正職員でない、藍のようなパートの仕事だった。

「いいの？」

「私たちが交代で淹れるので」

正社員の私たちの仕事ではない、といつも言外にこちらに押しつけてきたのに。

「どうして？」

素直に疑問で尋ねた。彼女たちは本当にその仕事を嫌がっていたから。答えた女はすっと目をそらした。

「鈴木さん、ちょっといい？」

給湯室に、体を半分だけ差し込むようにして、高柳が顔をのぞかせた。

「はい」

藍が出ると、背後にどっと笑い声が聞こえた。

高柳のあとをついていくと、共同の会議室に入った。高柳が入り口の札を使用中に替える。その長い指を見ていた。

「いいんですか、ここで」

「何が」

「いえ」

最近、どこからともなく、藍の離婚には高柳が関係していた、という噂が流れているのは知っていた。二人きりになることなど、一番避けなければいけないことのように思えた。

「昨日、あなたの義理のお父さんとお母さんがこちらにいらっしゃったんですよ」

椅子に掛けたとたん、高柳が言った。誰が聞いているわけでもないのに、丁寧な言葉遣いだった。

「嘘でしょ」

周りの目がなくなると思わず、遠慮のない口調になってしまった。しかし、言葉とは裏腹に、あの二人ならやりそうなことだ、と思った。それで朝からのことの合点がいった。

「あなたをやめさせて欲しいと。孫たちがいる家から近い職場にあなたにいて欲しくないと言われました」

「それは、私が決めることで彼らには関係ないことだと思いますが」

高柳は小さく咳をした。

「お義父《とう》さんたちは、あなたと私の証拠の書類を持ってきたんですよ」

「へえ」

彼らはあれを手に、藍の子供や夫やマンションだけでなく、すべてを奪うつもりなのだ。

「私たちが一緒の職場にいるのは不愉快だと、私と部長の前でかなり騒がれましてね」

つい笑ってしまった。もう離婚したのに、何が不愉快だと言うのか。彼らには関係のないことだ。

「で、私があなたに引導を渡す役目を引き受けさせられました」

自分の方がずっと不愉快な思いをしているんだと言わんばかりに、細い銀縁のメガネを光らせた。そのちょっと知的な感じが好きだったこともあったのに。

役目を引き受けさせられることになった。

彼の言葉に、藍はふと引っかかる。

部長たちはその役目を嫌がり、彼に引き受けさせたのだ。不倫の代償として。

それほど嫌な役目だった？　つまり、藍がごねたり、拒否する可能性もあり、それを説得するのが高柳の不倫に対する罰の一つなのだろう。

ということは、彼らは藍が拒否するだろう、と予測しているのだろうか。

確かに、不倫の責めは女だけでなく男も負うものである。さらにこのことは、「不義」で会社がパート女性であれ、仕事をやめさせるという権利はない、ということを暗に認めているのかもしれない。

最初ここに勤める時、そういう契約を結んだり契約書を書いたことはなかったはずだ。やめてもかまわなかった。もう、居心地のいい職場ではなかった。

しかし、これを利用しない手はない。

「それで、あなたはどうするんですか」

逆に聞いてやった。

「え」

「あなたもやめるか、やめさせられるんですか」

高柳は不意をつかれたようで、ちょっと横を向いた。苦笑しているようだった。

「もちろん、私の処分もおいおい決められるでしょう」

馬鹿か、と母の孝子のように胸の中でつぶやいた。私も転勤させられます、とか言えばいいのに、とっさに嘘が出てこなかったのか。

まあ、そこまであくどい人間じゃないから、関係が持てたのだが。

「なーんだ。罰を受けるのは私だけか」

「……そういうことではありません」

「退職金、もらえますか」

「え」

高柳はさらに不意をつかれたのか、目を見張る。だから、もう少し嘘がうまくなれよ、と藍は思う。

「退職金。他の仕事を探すまで」

「パートにそういう制度はありません。ただ、ハローワークに行けば、失業手当を受け取れるかもしれません」

高柳は人事課長だからそういうことには詳しい。

「嫌よ、ハローワークなんて面倒くさい。あなたが払ってよ」

「どういうことですか」

「私のことが気に入って、会社に入れるためにがんばった、って言ってたよね？」

足がきれいな人が好みなんだ、一目で気に入っちゃって。口説かれた時に言われた言葉を使ってみることにした。

「いろいろまずいんじゃないでしょうか。人事課長がそういうことじゃ」

高柳は黙って、こちらをじっと見ている。本当は優しさや熱さがあるのに、それを隠すように冷静に会社で振る舞っている様子が好きだった。

しかし、今、その男は優しさなんてかなぐり捨てて、ただ冷たいだけの目でこちらを見ている。

「三十万、お願いします」

高柳の懐具合は知らなかったが、毎回、ホテル代は払っていたし、そのくらいの自由になる金はあるのではないか、と推測した。

これで母の保釈金を払える。

「私も、義父母のように騒いでみようかな」

「そんなことは、君に似合わないよ」

高柳は愛人としての、最後の礼儀を振り絞っているようだった。いや、自分の最後のプライドかもしれない。

彼は会社の中で、結構、人気のある上司だった。ちょっとイケメンでメガネが似合うと言われて。きっと、この騒動で、彼の評価も人気もがた落ちだろう。

夫の不倫に気がついたあと、そんな彼が自分を選んでくれたことに、藍も助けられたこともあった。決して彼を恨んではいない。だけど。

「家を追い出されて、子供も取られて、私には失うものが何もない。ここで仕事もやめさせられて、これからどうやって生きていったらいいのかわからない」

そう言いながら、藍は自分がもうこの高柳を本当に好きじゃないんだな、とわかった。だから、なんでも言える。ちらりと彼を見た。彼もまた、そんな藍の気持ちを知っているようだった。

「僕としては、できるだけのことはさせてもらう」

藍は自分がにやっと笑ったな、とはっきりわかった。

「ありがとう」

金の受け渡し方法を相談して、会議室をあとにした。

「じゃあ、私は机を整理して帰ります」

「その必要はありません。もう、君のカードではあの部屋には入れない」

今度は高柳がにやりと笑った。

藍は、自分の首から下げた入館証を見下ろした。すでにカードは無効になっているのだろう。やられた、と思った。

「準備のいいことで」

「荷物は後ほど、こちらで整理して送ります」

高柳は一礼をして、藍を置き去りにした。その後ろ姿を見ながら、勝ったのはどちらだろう、と考えた。

クリスマスプレゼントを渡したいからと祈るように元夫に頼み込んで、やっと子供たちと会わせてもらうことになった。

軽い気持ちで「何か欲しいものあるかな」と尋ねたところ、二人ともニンテンドー3DSが欲しい、それ以外のものはまったく欲しくないのだ、と断言した。

ゲーム機なんて……高価な上に、あの義父母たちが嫌がるに決まっている。前に欲しがったWiiもそうだった。やっと買い与えたのに、彼らがそれに夢中になっている様子を見たとたん、義父がひどく怒り出して、結局、取り上げることになった。今度も同じことになったら、買うだけ無駄だ。

藍がスマートフォンで探してみると定価で二万近くもする。

「そんな高いもの買えないわよ」

「じゃあ、別にいいよ。こっちは最初から頼んでないし。そっちが会いたいって言うから教えてやっただけで」

「他のものを買って行くから、会えない？」

「いや、寒いし、二人とも家から出たがらない。それを買ってやるって言ったらやっと、じゃあ行ってもいいって話になっただけだから。DSは俺が買ってやるし」

藍は何年かぶりに親指の爪を噛んだ。そう伸ばしていない爪だが、薄い三日月形に爪が歯でちぎられていく。きれいに切れた爪は少しだけ藍の気持ちを落ち着かせる。それを口の中で転がす。

「どうして会わせてくれないの。そんなのおかしい。私は二人の実の親なんだよ」

元夫の乾いた笑い声が聞こえた気がした。

「言わせんなよ。会いたくないって言ってるの。二人が。もうお母さんに会いたくないんだって」

信じられないと思った。ここのところ急に大人っぽくなって、すでに少年の域を脱し、反抗期の兆しを見せていた小四の長男、昔からおしゃまで大人っぽく神経質だった小一の長女、どちらもむずかしい子供ではあったが、お母さんに「会いたくない」とまでは言う子じゃなかった。

「嘘つかないでよ」

「嘘じゃない。DSがなかったら会わないって言ってる。だいたい、お前、金あるんだろう。この間、俺からふんだくったじゃないか。あそこから出せよ」

それは、母の保釈金に使うとは言えない。

「どうせ、お義父さんとお義母《かあ》さんが私の悪口でも、いろいろ吹き込んでいるんでしょう。あの嘘つきたちが」

そう言いながら、藍は心の中で百パーセント自信が持てないのだった。本当に「会いたくない」と言っている可能性も捨てきれなかった。でも義父母のせいにでもしなかったら、心の均衡が保てない。

「俺の親の悪口は言うな。本当に育ちの悪い女だな。ていうかさ、そもそも二万くらいの金が用意できなかったら、子供を育てる資格ないよな。絶対引き取れないだろう」

ちぎれた爪を奥歯で嚙むと、嫌な感じにぷつんと嚙み切れて歯がきしんだ。

「とにかく、DSがなければ会わないから。じゃあ」

電話は一方的に切れて、その後はつながらなかった。夫から、これからは電話に出ない、ゲーム機が手に入ったらLINEをくれ、という一通のメッセージが来ただけだった。

それでも、クリスマスの少し前にDSをなんとか手に入れた。

知っている人に極力会わないように、と新宿の喫茶店を指定された。ゆっくりできるようなところはどこもコーヒー一杯千円以上した。

それでも混み合う店内の片隅で三人が入ってくるのが見えた時、藍は心から嬉しかった。金を掛けた甲斐があったと思った。

長男、章人も長女、茜もダウンジャケットに毛糸の帽子という、ふくふくと暖かそうなかっこうで、かわいらしく幸せそうに見えた。それだけで、藍は胸がいっぱいになってしまう。

彼らが母をどう思っているのか、それはその表情だけではわからなかった。二人とも伏し目がちで無表情だった。

夫は子供を藍の前に座らせると、「じゃあ、買い物に行ってくるから」とそそくさと出て行った。

「お父さん、行っちゃうの」

章人が不安そうに振り返って尋ねた。

「すぐ戻ってくる。ちょっとスポーツ洋品店で登山用のものを見てくる」

章雄は、子供たちとも藍ともつかずに説明した。

そうだ、元夫の愛人は山に登るのが趣味の最近の山ガールで、彼は離婚前から急に山に行くようになったのだ。

でも、そんなことはどうでもいい。

夫が出て行って、二人に好きな飲み物を選ばせ、プレゼントを渡すとほとんど話すことはなくなった。章人はすぐに包みを開け、新しいゲーム機をいじり出し、茜は横からそれを見ていた。

「二人とも元気だった？」

「うん」

ゲームから目を離さずに彼らはうなずいた。

「学校は？」

「別に。普通」

「そう」

「悠真《ゆうま》君と宮《みや》ちゃんが引っ越した」

やっと、茜が少しは会話になることを言った。章人がちらりと彼女をにらむ。それは、家から出て行った母に対する反抗だろうか。

「じゃあ、さびしくなったね」

藍は話を合わせた。

「別に」

二人はずっとそんな調子だった。

「お母さん、もう帰ってこないってほんと？」

茜がやっと藍を見て言った。章人が今度ははっきり「そんなこと言うな」と言って、妹をにらみつけた。

「いいんだよ、章ちゃん」

藍が取りなした言葉で、彼は怒られたと思ったらしかった。ふてくされたように、それから彼はさらに一言も話さなくなった。

「パパやお祖父ちゃんやお祖母ちゃんたちがなんて言ってるのかわからないけど」

藍は言葉を選びながら言った。

「ママは武蔵小杉の家には帰れないの、いろいろあったから……」

章人はちらりと藍の顔を見た。無表情でどう思っているのかはわからなかった。

「だけど、できたら、いつかは章ちゃんと茜ちゃんと暮らしたいと思ってるの。がんばって仕事を探して」

言っている藍にもそれがいつになるか、どうしたらいいのかわからないのだった。その気持ちがどこか子供たちにも伝わるのか、それに対して、彼らの反応はなかった。

二人はまたゲームに戻った。しばらくすると、章雄が戻ってきて、二人を連れて行った。

二人の飲み残しが残るテーブルで藍はじっと動けなかった。ウエイトレスが「お下げしてよろしいですか」と促してきた時、やっと「そのままにしてください」と答えることができた。章人のクリームソーダと茜のアイスココア。こんな冷たいものを飲んで二人は帰り、震えていないだろうか、温かいものを飲ませればよかったと思いながら、その残りを一気に飲んだ。

私は子供の飲み残しを飲むだけで幸せなのに、その子たちは私に腹を立てていて、ろくに口も利いてくれない。

その時、やっと藍は泣くことができた。しばらくそこに座って、ただただ泣き続けた。

淡いラベンダー色のシーツを指先でなでながら、あーあ、と声が出た。

結局、高柳の誘いに乗って、ラブホテルまで来てしまった。もちろん、関係も持ってしまった。彼は今、一人でシャワーを浴びている。

金の受け取りは銀行振込にする予定だったのに、高柳が直接会いたいと言って譲らなかったのだ。

最初は、藍が伝えた銀行口座の番号が違っていて振り込めないといちゃもんをつけ、では改めて番号をメールで送ると言うと、何やかやと理由をつけた。

「僕にとっては大金だし、ちゃんと会いたいんだよね」

本音を聞き出すまでに二十分ほどかかった。さらに、その「会いたい」場所がホテルだと言うまでに十五分。

なんだか、その頃までには断るのが面倒くさくなっていた。

クリスマスが終わって、一人、気持ちがささくれていたのもある。子供たちとは二十三日に会い、二十四、二十五日は一人で過ごし、高柳に会ったのは二十六日。見事にクリスマスをはずした日付しか人と会えない女だった。

母親を留置所で年越しさせたくなかった、というのも嘘じゃない。それなのにどう交渉しても、祖母が被害届の取り下げに首を縦に振らない。孝子の謝罪を直接聞かないと、などとぐずぐずと文句を言った。しかし、その孝子は留置所におり、祖母は入院中だ。金で解決するしかない。

恋しかったのは、このシーツの冷たい感触も同じだ。

こういう場所の掃除は、一見、きれいにできているように見えて本当は雑菌ばかり、などとも聞く。汚れを目立たせないための、あえてのカラーシーツなのだとも。

でも今は、目に見えない雑菌なんて、どうでもいい。

あの狭いアパートの湿った布団にもぐりこむ毎日を変えたい。ぱっと見、こぎれいな部屋やぱりっとしたシーツの上で寝たくなっていた。

いや、もっとぶっちゃければ、結局、自分もさびしいし、さらに、なんの愛情もないとわかっていても、誰かと寝たかったというのが本音かもしれない。

ラブホテルの天井を見ている。ベッドの真上になぜか大きな円形に模様がついていて、そこに星座が描かれている。

――カシオペア座かな。

ここに来た理由をこうして考えているだけ、自分は冷静なのだと思いたい。星座の名前がわかるくらいにはインテリなのだとも思いたい。

男のくせに高柳はシャワーが長い。この隙に彼の鞄を探り、金を持って帰ろうかとも思う。そうしたら、彼も気まずくないだろうし、自分も楽だ。むしろ、彼はそれを望んでいるのかもしれない。だから、こんなにシャワーが長いのかも。「察しろよ」と思っているのかもしれない。

いや、この男のシャワーが長いのは今に始まったことじゃない。

それに、鞄を探して、もしも金が入っていなかったら？

自分はかなり落ち込むと思う。彼にそれだけの女だと思われているのは、今はきつい。

それなら、彼に金が用意できなかった言い訳をさせた方がいい。それが嘘八百でも、少しはましだ。

本来なら、高柳が考えるべきである言い訳を、自分が考えなければならない理由はない、と藍は思う。

それに、ここは新横浜の駅から少し離れた場所だ。一人で帰るならタクシーを呼ばなくてはならない。歩いてもいいけど、それには距離がある。この時間、とぼとぼと駅まで歩きたくない。高柳は車で来ている。それで少なくとも最寄り駅まで送って欲しい。

やっとシャワーから出てきた高柳は、髪を拭いているタオルから顔を出したところで藍を認めて、ちょっとはっとした顔になった。驚いているようだった。あまりにも自分の身体を洗うのに集中しすぎて藍の存在を忘れていたのかもしれないし、ただなんとなくそんな顔になっただけかもしれない。けれど、藍は小さく傷ついた。

「で、お金は？」

それが自然、つけつけした口調を作った。

「あ」

高柳の瞳の中に小さな光が灯《とも》って消えた。タオルを巻き付けたまま、彼は鞄を探った。その姿を見ながら、彼もまた、今傷ついたのだと知った。

昔から、服を脱がない方がいい男だな、と今傷つけたことを後悔しないために考えた。それもスーツを着ていると、どちらかと言えば細身で薄い筋肉さえついているような身体に見えるのに、脱ぐと逆にあちらこちらに脂肪を巻き付けている、ゆるんだ体型だということがわかる。それもまた、昔はいとおしかった。ついでに言えば、メガネも取らない方がいい。それをしていればいつも何かを考えているように、憂いているような表情に見える。

「ほら」

予想されたことだが、高柳は最小限の言葉だけでそれを藍の前のシーツの上に投げてよこした。悲しくならないように、できるだけゆっくりとそれを手に取って、中身を確認した。

「ありがと」

枚数を数えて、小さく言った。

「いいえ、どういたしまして」

ふと考える。彼はこれから間違いなく、妻のいる家に帰るはずだ。これほど念入りにシャワーを浴びて、三十万を外の女に渡して、それに気づかないとはどういう女だろう。

高柳に一度だけ家族構成を聞いたことがある。フルタイムの仕事を持っている妻との間に子供なし。それだけでなんとなく家庭の雰囲気は察した。きっと平日はお互いのことには無関心なのだろう。休日だけ一緒に過ごす。金については別々に管理しているのかもしれない。

そんなことを考えているうちに彼はすでにスーツを身につけ始めていた。もうシャツの手首のボタンをはめ、時計の留め金をかけている。

「そんな時間だった？」

ここに入ってからほとんど会話もせずに二回して、藍が先にシャワーを浴びた。まだ一時間半ほどしか経っていないはずだ。

高柳はけちけちしたり、せかせかするのを嫌がった。通常、二時間の「休憩」でも、「慌てるの嫌いだから」と三十分くらいは延長するのが常だった。見栄っ張りでもあったし、最初の頃は優しさとも感じられた習慣だった。

「今日はこれから迎えに行かないとならないから」

「何を」

「奥さんを」

体中から、ふーんという声が出た。

「どこに？」

「アリーナだったかな。なんかのアイドルのコンサートに行ってる」

気にしてなくても、仲の良いところを見せつけられるのはおもしろくない。

「だから、先に出るから」

「え」

彼はもう上着を着ている。

「ちょっと待ってよ」

藍は慌てて、下着を取り上げた。

「好きなだけゆっくりしなよ。俺だけ行くから」

そうだった、彼もそこそこ頭がいいのだった。金の用意を忘れたり、暴言を吐いたりすることなく、藍を徹底的に傷つけるすべを知っている。

「どっちにしても、送れないから」

藍がスカートをはく前に「じゃあ」と言って、部屋を出て行った。

「ちょっと待ってよ、ここの」

ホテル代と言おうとして、口をつぐむ。藍の鼻先でドアを閉める彼はさげすむように笑っていた。

最初からそのつもりだったのだ、先に逃げるつもりだったのだ、とその時気がついた。

「お前が最初に言い出したんだろうが」

「いや、あんただって。あんたに頼まれたんだって。その言葉をあたしははっきり聞いてるんだから。この耳で」

「絶対に、違う。絶対にあたしはそんなこと言ってない」

「言ってないとしても聞いてるんだよ、こっちは」

「言ってないのが本当なんだから、仕方ない」

「もし、たとえ、言葉にしてなかったとしても、そういうことを匂わせてたよ、あんたは」

「ほら。ほら。認めたー。今、認めたー！　あたしがそんなこと言ってないってことをお前は今、暗に認めたんだ。ごまかすな、カス」

「違う。今言ったのは、一字一句そういう言葉じゃなかったかもしれないが、あんたはそう言ったってことをあたしは言いたかったの」

「だから言ってないって言ってるの」

床に垂れた血を拭きながら、心からどうでもいいと思った。

世間では仕事納めと呼ばれる日、やっと警察から孝子を連れて帰ってくることができた。祖母ヤスは前日に退院していた。予想できたことだが、孝子がこの家に足を踏み入れたところから、二人の喧嘩は始まった。

しかし、それにかまっていられないほど、藍は十数年ぶりの実家の内部の様子に衝撃を受けていた。あの時に嗅いだ臭いなんて、まだまだ序の口だったのだ。

廊下にも部屋にもほとんど隙間なく荷物やゴミが散乱している。荷物と言っても、衣装箱からはみ出したり、ゴミ袋に入った衣類らしいものや、束ねられていない新聞雑誌、段ボールなどだから、ほとんどどちらがゴミなのか判断できない。さらに、その上や下に、ぽたぽたと赤い血の跡のようなものが見える。これが悪臭の元のようだった。それは廊下の先の台所から続いている。廊下のものは乾いていても臭いは強烈だ。しかし、臭いは血だけではなさそうだった。ゴミのせいなのか、それとも、その奥の、事件のあった台所からなのかわからない。ゴミの散乱も元からなのか、事件の時に二人があばれまわったせいなのか、わからない。

しかし、もっと驚いたのは、その、殺人事件の惨劇のような家に、母の孝子がまったく頓着なく、ゴミをまたぎながらずかずかと入っていったことだった。さらに、居間のこたつにいる祖母も、ゴミが並んでいる場所に平気な顔で座っている。だいたい、祖母は前日戻ったはずなのに、これらを片づけるつもりはまったくなかったらしい。

「まあ、よく帰ってこれたもんだ。親を刺して、警察にとっつかまってさ。犯罪者になって、その親の家にのうのうと」

「好きで帰ってきたわけじゃない。あんたがこっちに来いって言ったから、仕方なく自分の部屋を畳んでこっちにきたんじゃないか」

「だから、そんなこと言ってない」

怒鳴り声の中、藍はまずゴミ袋を探し（幸いなことに洗面所の下の棚に入っていた）、はっきりとゴミとわかるものを詰め込んだ。そして、百円ショップで先に買ってきていた雑巾で廊下を拭くことにした。台所は怖くて入れない。

「来てやったのに、そのとたん、毎日罵詈雑言《ばりぞうごん》浴びせやがって、顔を見ると文句ばっかり言って。言われた方の気持ちも考えてみろよ。本当に嫌んなる」

「言われるようなことをしているからじゃないか。いい歳して、男のことばっかり追っかけて。こっちに来るってことだって、お前が今の男とうまくいってないとか泣き言、言うから、じゃあ、こっちに来ればって、助け船を出してやったんだ」

「言ってないって」

今度は言った言わないが逆に、攻守が反対になっている。

藍はバケツで雑巾を絞りながら、呆《あき》れを通り越して、ため息も出ない。

「だいたい、あたしは刺してないよ。ただ、包丁をかまえてただけで、あんたが飛び込んできたようなもんだろうが」

「あ、あ、お前そういうこと言うんか。なら、それ、もう一度、警察の前で言ってみろ。そしたら、警察にまた捕まえてもらう。ぜんぜん、反省してないって、サツも呆れるだろ。おまわりさーん。この子はまったく反省しておりません。また、刑務所に入れてください」

「は、は、はー。もう、藍が保釈金払ってくれたから、行かなくていいんですねー。別にあたしが反省してるから保釈されたわけじゃないんだから、何度でも言ってやるよ！　ていうか、最初から警察ではそう言ってます。あたしがやったんじゃない。あんたが刺さりに来たの！　あたしは無実。それにあたしが行ってたのは、留置所！　刑務所じゃありませーん！　馬鹿か」

「こんにちは」

鍵をかけてなかったドアを開けて、美代子が入ってきた。藍と孝子が帰ってくるところを見ていたのだろう。

「ああ、みよちゃん、上がって」

藍はほっとした。母と祖母の喧嘩も三十分以上となるときつい。

彼女らもさすがに美代子が来たら、少しはおとなしくなるだろう。

「ああ、みよちゃん、来てくれたの。ありがとう。入院中のお見舞いも本当に、本当にありがとうね」

ヤスが声を張り上げ、初めて顔をほころばせた。

「いえいえ、ついでですから」

退院してから彼女と美代子が会うのは初めてじゃないはずだ。それなのに見舞いの礼を言うのは、娘や孫への当てつけだろうか。

孝子は、ふん、と鼻を鳴らして二階に上がって行った。昔から実家の近所の人間にはろくに挨拶もしない母だ。もしかしたら、事件の時に救急車を呼んだ美代子にまだわだかまりを持っているのかもしれない。しかし、これほど大量の血が出ていたのを見たら、誰でも通報するだろう。恨んでいるなら、ただの逆恨みだ。

「ママもお祖母ちゃんも、ちゃんとお礼言いなよ！　みよちゃんにお世話になったんだから」

あたしは言ってるだろ、と祖母がゴミの山の中でつぶやく。

二階の母の声は聞こえない。

「いいのよ。藍ちゃん、隣同士お互い様なんだから」

「お祖父ちゃんは元気？」

ヤスが尋ねる。

「おかげさまで。ありがとうございます」

美代子は藍に向き直って言った。

「台所の掃除、しちゃおうか」

「でも、すごいことになってると思うよ。まだ、入ってないんだ」

「大丈夫。私、あの時、見てるし。だいたい、想像はつく」

「本当に？」

二人でそっと台所のドアを開けた。

「う」

藍はうめいて鼻を覆った。

まず目に入ったのは、テーブルと床の上の大量のキッチンペーパーのゴミと残飯だった。事件があった時、どちらかがとっさに近くにあるペーパーで頭の血か、床の血を拭ったのだろう。赤茶色の紙くずが山のように積まれている。それでも取れなかったのか、リノリウムの床の上には真っ黒な血のかたまりがあった。さらに、流しの上がすごい。何日も洗っていなかった食器が積み上がり、その上にカップ麺やらコンビニの総菜やらのプラスチックの容器が積み重なり、残り物に蠅がたかっている。この分ではゴキブリがいてもおかしくないが、今見えないのは、人の気配で逃げたのかもしれない。

まるで夕方のように薄暗い。ふと窓を見ると黒いシェードのようなもので覆われている。それをはずそうと、藍は血だまりを避けて台所に入った。窓に手を伸ばして、驚愕した。

「うわあー」

それは小さな蠅の大群だった。血の方から出たのか、総菜の残りについていたのか、数知れぬ蝿が窓をびっしりと覆って、明かりが入らなくなっていたのだ。慌てて窓を開けて、手で払った。蝿たちは一斉に飛び立った。その動きはどこか緩慢だった。寒さのせいかもしれない。しかし、藍の目にはまるでこちらの動揺を見透かして、馬鹿にされているように映った。

振り返って紙で拭われた血や食べ物の残りを見ると、黒く見えたそれもまた蝿のかたまりだった。目を凝らした時、ぞっと腕に鳥肌が立った。真っ黒になった食べかけのバナナにはびっしり蝿が巣立った跡の蛆《うじ》の抜け殻が張り付いていた。おそるおそる、キッチンペーパーの山の端を爪の先で持ち上げてみた。中にもうねうねと動く蝿の姿があった。気配を感じたのか、それもまた、のんびりと一斉に飛び立った。蝿が顔の方に向かってきた。

「うわっ」

藍は嫌悪感とともに、どこか圧倒されていた。

血って……人間の身体ってすごいと思った。こんなふうに虫と悪臭を生んでしまうんだ。きっと栄養価がめちゃくちゃ高いのだろう。

「みよちゃん、ごめん！」

藍は振り返らずに叫んだ。

「ごめん、これはとても手伝ってもらえないや」

「いいの、いいの。大丈夫大丈夫。私なら介護で慣れてる。こんなのなんでもないよ」

実際、美代子は中をのぞき込んで、「ああ」とため息ともうめきともつかない小さな声を出しただけだった。持参のゴム手袋をさっさとはめて、ゴミ袋を広げて血の染みたペーパーを手早く放り込んでいった。

「藍ちゃん、私、古新聞とぼろ布、持ってきたから使って。血は新聞と布で拭いてそのまま捨てちゃった方がいいと思う。私も手伝うから」

呆然としている藍にさくさくと作業を指示した。

「そんな。みよちゃんになんて頼めないよ。これは本来ならうちのママがやるべき」

藍は頭に来て、二階に怒鳴った。

「ママ！　掃除手伝ってよ」

「いいよ、藍ちゃん。藍ちゃんのお母さん、警察から帰ったばっかりで疲れてるでしょ。ここはさっさとやった方が早いよ」

「そうかな。本当にごめんね」

藍は新聞紙で血の跡を覆い、ざっくりとそれを蛆ごと拭き取った。固まった血は簡単には落ちず、濡れた布と紙で何度も拭った。一度血を拭った布やらは激しい悪臭を放って、二度と使えなかった。くり返し、最後に濡れたぼろ布でリノリウムの模様が見えてくるところまで磨いた。それらは皆、美代子が指導してくれ、最後には台所のよごれものを片づけた彼女も手伝ってくれた。

「うちのお祖父ちゃん、最近は痔と床ずれが一緒になっちゃってね」

藍の横で、床を拭きながら美代子はほがらかに言った。

「うんちのたびに泣くほど痛がるし、終わったあと、拭き取ることもできなくて。なんとかトイレに座らせてもウォシュレットじゃ洗いきれないの。お風呂に連れて行っても立ってられないでしょう。座らせたらもう、お尻の穴は洗えないからねえ。本当に大変」

美代子が話し出したのは、今、この台所の惨状よりよほどひどい世界の話だった。

「肛門というものがどうなっているのか、っていうのを一つ一つ、調べたわ。私、やっと初めて、あそこがどういう構造になっているかわかった」

「それで、どうするの？」

藍は口ごもりながら尋ねた。

「ペットボトルのふたに穴を開けたもので洗うのがいいって最近、わかったの。これからそれをしてみようと思う」

美代子はどこまでも明るく前向きだった。そして、言外に、「私が毎日していることはもっと大変なことなんだから、こんなことくらいへっちゃらよ、気にしないでね」ということを言おうとしているようだった。

「みよちゃん、大変なんだねえ。本当に」

藍はしみじみとした声が出た。

美代子はそれからもずっと、痔というものが肛門にどういう形でできているのか、ということやそのペットボトルの洗浄器の作り方などを明るく説明してくれた。

すごい人だ、と藍は黙って聞きながら思った。

留置所や病院で聞いた、祖母や母の話を総合してみると、美代子の母親は美代子が高校生の時に浮気をして家を出て行き、同居していた祖父母の介護を親戚から押しつけられてきた。美代子の希望で美術系の専門学校に通わせてはもらえたものの、就職は介護があってできなかった。二十代三十代をほとんど介護で潰し、そこに早くに倒れた父の看病も加わった。祖母と父は彼女が三十代半ばの時に亡くなり、今は祖父だけが家に残っている。ほとんど、老人たちの年金で食べているのだろう、とヤスは話していた。

町一番の孝行娘として、町内の老人たちには「現人神《あらひとがみ》」のように称《たた》えられている、と言う。

しかし、これほど世話になり、優しい気持ちに助けられながら、藍は思う。ほとんど職業経験のない美代子は祖父が死んだらどうなるのだろうか。家は借家だし、現金収入がなければ路頭に迷う。介護を押しつけてきた親戚たちが見てくれるのだろうか。無理だろうな。美代子は祖父が死んだら、生活保護でも受けなければ生きていけなくなるのではないだろうか。

「でもね、うちのお祖父ちゃん、五十キロもないでしょ。小柄でよかった。あれが大男だったら、一人じゃとてもとてもお風呂で立たせることなんてできない」

藍が何を考えているかを知ってか知らずか、美代子はおっとりと話を続けている。

「そうだねえ」

ふっと違和感が心をよぎった。美代子の祖父は確か、身長百八十センチ近い、当時の年配の人にはめずらしい、恰幅の良い男だった。横幅もかなりあったはずだ。五十キロということは、あれからかなり縮んじゃったのだろうか。

「さ、これでよし。できたできた」

美代子は立ち上がり、手をパンパンと叩いた。

それを見計らったかのように、孝子が台所をのぞいた。

「美代子ちゃん、ありがとう。藍も悪かったね」

ぼそぼそと明後日《あさって》の方を見ながら礼を言う。さすがに気が引けたのか。それでも、孝子にはめずらしいことだった。

「あ、おばさん、お久しぶりです。このたびはお疲れ様でした。出られてよかったですね」

美代子はどこまでも明るかった。

「よかったって、この子はもう少し刑務所にでも入った方がいいんだよ。昔から本当に悪《わる》なんだから」

居間にいたはずのヤスが台所までやってきて口を挟んだ。

「うるせえなあ。あんた、そんなかわいくない老人だから、娘にも孫にも見捨てられんだよ」

「いつ、見捨てられたよ。あたしは一人でちゃんと暮らしてます。男に見捨てられたのはお前の方」

「いい加減にしてよ！　みよちゃん来てるんだよ。人がいる時くらい、喧嘩はやめて」

喧嘩をやめてー、と孝子が調子外れの声で歌い出す。下手な歌はやめろと祖母が言う。

「二人とも黙れ！」

ついに藍が怒鳴った。大きな声に自分が一番驚いた。でも、なんだか、すっきりした。

「ごめんね、うるさくて。隣でも、声、聞こえたでしょ」

美代子に向き直って、謝った。

「うん。少しね」

美代子が微笑んだ。

「だけど、なんだか、昔みたい。お祖父ちゃんと二人きりでなんの音もしないから、怒鳴り声でも人の声がした方がいいよ」

美代子がぽつんと言うと、孝子とヤスがふっと黙り込んだ。藍が怒鳴った時より、ずっとおとなしくなる。

「ここにこんなに人が集まるのって、本当に久しぶり。昔、ここにたくさん人が住んでた時みたい。なんだか、楽しい。孝子おばさんが帰ってきて、私、嬉しかったんだ」

藍は、美代子のはしゃいだ声を聞きながら彼女の孤独をしみじみと感じるような気がした。


台所の掃除が終わったあと、やっと少しきれいになったガス台で湯を沸かし、お茶を飲んで、美代子は帰っていった。

食事を作る元気はなく、近所の「来来軒」からラーメンとチャーハンなどを出前してもらった。切り詰めながらの家計から三人前の中華は痛い出費だったが、仕方なく藍が払った。

「あれ、もう、百歳くらいになるんじゃないかね」

食事が終わったあと、テレビを観ていたヤスがぽつんとつぶやいた。

「え」

風呂上がりで髪を濡らした孝子は近くで足の爪を切っていた。風呂場の様子は怖くて見ていない。孝子は風呂好きだからせめて掃除はしてくれていると思いたい。

「あれ、あっちの爺さん」

ヤスは美代子の家の方を顎で指す。

「馬場さんのこと？」

めずらしく、孝子が穏やかな声で返した。

「うん。亡くなった四六《しろう》さんさ、名前、四十六って書くだろ。それ、末っ子で生まれた時、父親が四十六歳だったからって聞いたことある。女の子が三人続いたあと、やっと生まれた長男だから、無事に育つように」

「てことは……」

孝子も指折り数えだした。

「四六さんが生きていて五十四歳以上になっていたなら、お祖父さんは百歳以上にはなるね」

「孝子より四六さん、年上だっただろ」

「当たり前じゃねえか。ずっと上だよ」

「じゃあ、百だね」

藍も思わず会話に入る。

「なんだか、介護がものすごく大変だって話、してたもの。百歳なら大変だよね」

「いや、百十歳くらいになっててもおかしくないよ」

「んなわけないだろ。だったら、表彰もんだよ。世界一の長寿が百二十歳……くらい？」

曖昧《あいまい》に孝子が言う。

「だけどさ、最近、百歳なんてあんまりめずらしくないって言うじゃないか」

「だけど、百十以上はさすがに」

話している内容はともかく、久しぶりになごやかな気持ちだった。藍は昔のようにこたつに頭をもたせかける。

「このこたつ、壊れてなかったっけ」

「いつの話してるんだよ。もう、何回も買い直しました」

「……私、離婚したんだよね」

こたつの温かさで、藍はやっと本当のことを打ち明けた。

「え」と驚いたのがヤスで、何も言わず、煙草を出して火をつけたのが孝子だった。

「だって……あいつ、会社に女がいたんだもん。それでこっちから離婚をつきつけてやったんだよ」

自分のことは言わない。知らずに、母と同じように都合のいい嘘をついている。

「……子供たちはどうしたの」

孝子が冷静に尋ねる。

「こっちの生活が落ち着いたら引き取るつもり」

これも、まるっきり嘘ではない。

「なんで。あんなちゃんとした、いい人いなかったのに」

祖母がぶつぶつ言う。

「いや、あたしはこうなると思ってた。あの男と母親、結婚式でやな感じだった」

「確かにねえ。人の着物をじろじろ見たりして」

「あっちはレンタルのくせにさ。母さんのはちゃんとした、自前の色留だったのにねえ」

悪口は気が合うらしい。

親族の女は黒留袖が普通なのにいい歳してあんな派手な色留だなんて、とあとあとまで義母が文句を言っていたのは言わないことにした。踊りをやっていた祖母によれば、色留の方が正式なのだ、ということだった。真偽のほどはわからない。

「まあ、がんと離婚は遺伝するって言うからね」

「そんな非科学的なこと言って。めちゃくちゃだよ」

「あたしは離婚してないよ」

祖母が少し自慢げに言った。

「えばれるような結婚生活か」

しかし、すぐにまた言い合いになって、なんとなく、その話は終わった。藍はどこかほっとする。

「しかし、本当に百十くらいなら、なんで家で面倒見ているんだろう。施設にだって入れられるだろうに」

孝子はまだこだわってるらしく、話を隣のことに戻していた。

「それはさ、あたしもよく知らないんだけど、みよちゃんのお父さんも倒れて、一人で三人を介護することになっても」

ヤスがとんでもない秘密を打ち明けるように声をひそめる。

「役所も誰も声をかけてくれなかったとかで、ヘソ曲げたんだよね。そのあと、爺さん一人になった時、町のソーシャルワーカーだか、民生委員だかが訪ねてきても、なんだか意見が食い違ったかなんかで」

ヤスが両手の人差し指を剣のようにぶつけるしぐさをした。

「やりあってね。みよちゃんが、私、誰の助けも借りませんからって啖呵《たんか》切って。それからもう、あの家には福祉の人は誰も来なくなったんだよ」

「なんで、そんなに嫌がるのさ。助けてもらった方が楽なのに」

「それを言うなら、なんで、上に伯母さんが三人もいるのに、みよちゃんが面倒見てるのさ」

「あの家は四六さんの奥さん、みよちゃんのお母さんが出て行ってから、それをいいことに、親戚が全部みよちゃんに押しつけてきたんだよ」

祖母が孝子をぎろりとにらむと、なぜか彼女は目をそらした。

「ひどい話だね」

「昔はお爺ちゃんたちも元気だったし、まだ自分でできると思ったんじゃない？　だって、少し前まで、お爺ちゃんが歩いてるの、私、見たもの」

「うそー」

思わず、藍は否定した。

「それはないんじゃない」

「嘘じゃないって。二、三年前かな。夜ね、雨戸を閉めようと庭に出たら、向こうの庭を歩いているお爺ちゃんが見えたのよ。ああ、今夜は加減がいいんだな、って思った」

「んな、馬鹿な。見間違えか、幽霊じゃないの」

「だよね」

「何度か見たもの。一度じゃない」

「……ボケてるんじゃないの」

あははは、と藍と孝子は声をそろえて笑ってしまう。

「あーあ、隣の家には町一番の孝行娘が住んでいるけど、ここには育ててもらった恩も忘れて、老人を馬鹿にする娘と孫がいる」

ヤスが嫌みったらしく、ため息をつく。

「だって、信じられないこと言うんだもん、お祖母ちゃん」

「少しは孝行するように、孝子なんて殊勝な名前を付けたのに無駄になった」

「この地味ったらしい名前でどれだけ苦労したか」

はああ、と母はため息をついた。

「二人とも、どれだけみよちゃんにお世話になったと思ってるのよ。これからもきっとなるの。それなのに、こんな噂話ばっかり」

「あんただって、笑ってたじゃないか」

「お前だって噂してたくせに。この出戻りが」

そこは仲良く、藍を怒鳴り倒した。

3

――なんなんだよ、帰るのかい。ここにいればいいじゃないか。

帰宅して、冷たい寝床に入ったとたん、祖母の言葉が浮かんできて、思い出し笑いしている自分に驚く。

ワンルームの部屋は冷え切っていたが、備え付けのエアコンは音が大きいわりに暖まらないし、電気代がかかるので入れる気にならない。築五十年の隙間だらけの古い木造家屋である実家も状況はさほど変わりがないが、人が常にいるだけましのように今の藍には思えた。ここでは商店街の電気店の店先で六百八十円で買った小型のアンカが唯一の暖房器具である。それにしがみつくようにして暖をとる。

お腹《なか》のあたりにぎゅっと押しつけると、ようやく人心地ついた。

今日もまた、長い一日だった。はいつくばって血の滴《したた》った床を磨いたからだろうか、肩と腰がしびれて痛い。鼻先にはまだ血の臭いがこびりついている。その前に警察に行って、弁護士の先生と母を請け出したのも嫌な役目だった。

しかし、悲惨な一日だったはずなのに、胸のあたりがそう重くない。これはどうしたことだろうか、と考える。やはり、最後の祖母の言葉が関係していると認めざるを得ないのだった。

ここにいればいいじゃないか、と提案されて即座に否定したものの、そして、ついこの間までそんなことは考えられないと思っていたのに、何か嬉しい。

思えば、ずっと、自分には帰る家がないと胸に刻んできた。

大学に行け、と祖母は言いながら肝心の学費については知らん顔だった。祖母は母が、母は祖母が出すものだと思いこんでいて、誰にもその備えがなかった。

国立大学は全滅。なんとか、東京の私大に入って、一、二年は八王子の教養学部に実家から通ったが、三、四年に都内のキャンパスになったので家を出た。二度と実家に戻る気はしなかった。

学費と二年間の生活費を奨学金とアルバイトでまかなった。就職して一人暮らしをしながら歯を食いしばって返し続けた。

鈴木章雄とは友達の紹介で付き合い始め、結婚の段になって、藍に奨学金という名の借金があると知れ、義父母に大反対された。

「私が働いて返しますから」

そう言ったら、「自分が働いた分は自分のものだと思っているかもしれないが、嫁の働きは家のものだ。本来なら家の財産となる分を使っているだけなのに大きな顔をするな」と義母に怒鳴られた。

それでも結婚後、元夫の給料だけで生活することにし、藍の収入をすべて返済に当てたことで、一年ちょっとで全額返済することができた。最後の振り込みが終わった時には、二人で手を合わせて飛び上がって喜んだ。これは今でも元夫に感謝している。結婚生活で子供のことをのぞけば、たった一つの成果であり、彼への温かな思いだ。

いや、夫婦なんだから当たり前じゃないか。お互い、助け合って暮らすべきだし、義父母との一緒の「家」ではなく、夫婦単位で考えるのが今の時代なのだから。もしも、藍でなく、夫の方が借金を背負っていても同じことをしただろう。

けれど義父母たちは、藍を「実家が貧乏な子」として扱い、子供ができてからも折に触れて嫌みを言い、引け目を感じさせた。元夫は藍が孝子やヤスと付き合うのを嫌い、藍もまた、二人に対する「怒り」があって、自然、疎遠になった。義父母を嫌いながら、同じことをしていた。二人が少しでも学費を出してくれれば、自分はこんなに結婚生活で苦労しなかったと何度も思った。

もう帰る場所はないのだと思いこんでいた。しかし、勝手にそう決めていたのは自分だったのかもしれない。

子供の頃あれほど嫌だったあの家や袋小路。好きだと言えるほどではないものの、行ってみれば、存外、居心地の悪くない楽な場所になっていた。

仕事もなく、子供にも会えない現在の身の上で、毎月高い家賃を払って、このアパートに住んでいる意味ってあるのだろうか。

藍はやっと暖まってきた、湿った布団の中で考える。

では、本当にあそこに住むのかといえば、やはり、二人への怒りが消えたわけではない。

彼女らのことだ。藍を呼び寄せて、あの家の家賃を肩代わりさせようと思っているのかもしれない。そのあたりがどうなっているのか、ちゃんと調べた方が良さそうだ。

こんなことを冷静に考えてしまう自分は、やはり、夫の言うように乾いた女なのだろうか。

祖母はあんなに「大学に行けば幸せになれる」と言い続けたのに、藍は今、冷たく狭い部屋で、家族と別れた男に金を無心して生きている。

ヤスは何も知らなかったのだ。東京の底辺大学にちょっと行ったくらいじゃ人生は何も変わらない。たいしていい会社にも入れなかったし、いい男にもめぐり会わなかった。ただ、借金を抱えて義父母にいじめられた。あの人は自分が大学に行っていないからそれが夢のような場所に思えたのかもしれないけど。

いったい、祖母の考えた幸福ってなんだったんだろう。

わからない。結局、自分は祖母や母と同じような人生を送っている。金も仕事もなく、子供も取られた。だらしなく、言い寄られた男に身を任せ、すべてを失った。

祖母が言ったことに従ったまでなのに。努力だって少しはしたのに。

そして、その祖母に、自分を押しつけたのは母だ。

彼女らどちらを、より深く恨んだらいいのだろうか。

でもでも。

「ここにいればいいじゃないか」と言われて、今、驚くような安心感に包まれているのも否定できないのだ。

帰る場所があること。ここ十年以上、自分になかったところ。肩の力がどっと抜けたような気がした。

結婚したら、そこが自分の居場所になるはずだった。けれど、ずっとあそこはいづらかった。実家の袋小路だって好きではなかったはずなのに、今は婚家よりはずっとずっとましだ。

頬が温かくなって、藍は自分が涙を流していることに気がついた。冷たい気持ちが温かみでほどけて、流れ出たような涙だった。

あそこには、ただ家があるだけじゃない。

母たちがいる。やっと自分を受け止めてくれる、二人の母がいる。

孝子は嫌いだ。大嫌いだ。だけど、彼女が悲しむのではないか、悲しそうな顔をしているのではないか、と考えただけで胸が締め付けられる。だから、結婚してからずっと母のことは考えないようにしてきた。

もしかしたら、本当に孝子が悲しそうな顔をしているのを見てもそんなに苦しまないかもしれない。よくわからない。そんな顔はほとんど見たことがないのだから。想像の中の母の方が、ずっと強く、藍を痛めつける。

どうせ、横浜線の八王子寄りの駅から徒歩十五分の木造家屋。家賃といっても知れたものだろう。あそこがここと同じくらいなら働いて払ってやってもいい。

思いついたことに自分で驚いている。

今夜はおかしな夜だ、やたらと気弱になっている。実家に帰る、なんて。

馬鹿みたい、と思いながら、藍は眠りに落ちた。


それから、週に二回ほどは実家に通うようになった。台所を簡単に掃除したり、親たちにご飯を食べさせたり、隣の美代子と話して帰る。

気がつけば、藍を必要としてくれるのは昔大嫌いだった二人だけで、それも決して満面の笑みや大仰な言葉で迎えてくれるわけではない。

祖母はいつも座っているこたつから顔を上げて「来たの」とつぶやく。母に至っては家にいないことも多かった。

祖母によれば孝子は「町田のバーの男」に会いに行っているんだか、その近くで働いているんだかで、毎晩遅いらしい。母はその仕事で、月数万を家に入れている。それと、祖母の年金で暮らしているようだ。

つまり、二人にはなんだかんだで、あの「事件前」と同じ日々が戻ってきていた。

それでも、藍が帰れば、祖母は「じゃあ、お母さんにメールするかね」と言って老眼鏡をかけ、携帯電話を出してぽちぽちと打ち始める。

った。

「晩ご飯には帰るってさ」

その返事を台所を片づけている藍に面倒くさそうに伝えてくれるのもいつものことだった。

因果関係があるのかないのかわからないが、藍が来ているなら「早めに帰るよ」と言ってくれる母がいる。

「なんか、店の残り物をみやげに持ってくるって」

「じゃあ、晩ご飯、お味噌汁とご飯だけでいいか」

「頼むね」

藍は思わず振り返った。少し腰の曲がった祖母がよたよたとこたつに戻る後ろ姿を見せている。頼むね、なんて、昔は言わなかった。子供が手伝いをするのは当たり前だと怒鳴っていたから。

歳を取って、気弱になっているのか。

実家のあたりは、燃えるゴミの日が火曜と金曜だった。だから、必然的に藍が訪れるのは月曜と木曜が多い。その夜ゴミ袋を作って、翌朝、「出しておいてよね」としつこく二人に頼む。たいてい、仕事に行く前の母が文句を言いながらも出しているらしい。

それだけしていれば二人のだらしない女がいても、実家はなんとか「人が住める」姿を保っていられる。

母が帰宅すると三人で食事をした。

しかし、そろって食卓を囲むのはまれで、祖母はこたつ、母は台所の食卓から離れない。藍はそのつど、どちらかに座る。普段も同じ状態で別々に食べているらしかった。

ほとんど口を利かないのも想像できた。

だからだろうか、同じ家に住んでいるのに、和解の話し合いも進んでいない。

「ねえ、こっちで食べようよ」

藍が通うようになって二週間ほど経った頃、三人分の食事を食卓に並べた。

「ここから出るの面倒。それに台所は寒い。足先が冷える」

祖母は食卓をちらりと見て、言った。

「料理を分けて、そっちに運ぶの、二度手間なんだよ!」

藍が怒鳴ると、「きつい孫だよ」とぶつぶつ言いながら、祖母は台所に入ってきた。

三人分の食事が並んでいる食卓を、二階の自室で着替えて降りてきた母は鋭い目でちらっと見て、でも、素直に座った。

「いただきます」

藍だけが挨拶をして、夕食は始まった。

祖母と母はそっぽを見ながら、黙って食べた。

「あのさあ、お金返してもらえないかなあ」

「え」

二人がやっとこちらを見る。本当に、つくづく金という言葉には弱い女たちだよ、と藍はおかしくなる。自分のねらいが当たったようだ。

「百万。私が立て替えた保釈金」

考えてみれば妙な話だ。傷害事件の被害者と加害者が同じ食卓を囲み、金の話をしている。

「それは、私のナニがナニすれば返ってくるって。あんたも知ってるでしょ」

「ナニって何よ」

「だからー、起訴されるかされないか、無罪か有罪か、みたいな？　結果？」

「それまだ、一ヶ月くらいかかるんでしょう？　それに、起訴になって裁判が始まるまで二ヶ月くらいかかるらしいしさ。罰金刑になったら誰が払うのよ」

弁護士から聞きかじった説明をする。

「たぶん、起訴されないよ」

母が祖母の方をにらみながら言った。祖母は下を向いておかずをつついて知らん顔だ。

「だから、お祖母ちゃんが被害届を取り下げればいいじゃないよ」

今度はその横顔に言ってやる。矛先が自分に向けられて、祖母は怒鳴った。

「やだね」

「やだね、じゃないよ。孫にまで迷惑かけてさ。百万集めるの、どれだけ大変だったか」

大げさにため息をついてやった。

「そうだよ、藍に迷惑かけて」

孝子が嬉しそうに言う。

「ママ、黙って。元はと言えばママが悪いんだから」

今度は祖母がにやりと笑った。

「やだねー」

もう一度、子供のように言う。

「お祖母ちゃん、お願い。被害届取り下げてよ。そうしたら、私のお金、返ってくるんだよ。ママだって、裁判とかしなくていいし、罰金だって払わなくてよくなるんだから」

「私は悪くない」

祖母はたぶん、それをしたら自分の負けだと思っているんだろうな、と藍は思う。二人とも意地っ張りだから、自分から負けるのは嫌なのだ。

「ママ、ちゃんと謝りなよ」

「……藍だって、あたしが刺した気持ちわかるって言ってたじゃん」

「言ったよ、留置所で、あんなババアに毎日小言言われたら刺したくもなるよねって」

「言ったっけ？」

「お前、そんなこと、言ったのか」

祖母が藍をにらむ。

「お前、結局、お母さんの味方か」

「どっちの味方でもないよ。ただ、お金返して欲しいってこと」

この際、この二人には、理論とか気持ちの問題を言っても通じない、とわかっていた。彼女らには「お金」という即物的な話の方がわかりやすいのだ。

「損でしょ、百万取り上げられてるの。ちゃんと返ってくるかもわからないしさ。早く手元に置きたいんだよ。お祖母ちゃんが被害届を取り下げてくれるだけで返ってくるんだよ。それに私、そのお金が返ってくれれば、ここに越してきてもいいし」

二人がまじまじと藍の顔を見る。

「ここに住むの？」

「藍、帰ってくるの？」

「百万あれば、私の引っ越し代もできるってこと。三人で住めば家賃も楽になるよ」

初めて、祖母と母の目が合っているのを見た。

「それから、私の百万が返ってきたら、お祖母ちゃんに一割あげてもいい」

人差し指を立てながら、決定的な一打を放つ。

「一割」

「十万てこと」

ふーん、と祖母がため息をついた。

次に母に向き直る。

「ママがちゃんとお祖母ちゃんに謝って、保釈金返ってきたら、五万あげてもいい」

さらに、追い討ちの一打。逆転満塁ホームランほどの威力があるだろう。こちらには手のひらをぱっと開いてみせた。

「え、五万？」

藍はしばらく黙って、二人に考えさせていた。食事を終え、ごちそうさま、と小さくつぶやいて、食器を片づけるために立ち上がった。

「本当に帰ってくるの？」

母が尋ねた。

「どうしようかな、こっちで仕事があればね」

その答えを聞くと、孝子ががばりと立ち上がった。食卓の足下にしゃがみこむ。

「すみませんでした」

母は祖母に向かって、土下座していた。

驚いた。五万のためとはいえ、母がそこまでするとは。これほど効果があるとは。

「……わかったよ」

はあぁ、と祖母はため息をついてみせる。

「仕方ないな。取り下げるよ、被害届」

「本当？」

「あんたのためじゃないよ、藍の百万のため」

あと、十万のため、とつぶやく。

あたしだって、五万のためだよ、と母も立ち上がりながら言い返した。小声で。

「ママ、お祖母ちゃんにお礼も言いなよ」

ふん、という顔をしてた母だが、祖母の方を見る。

「あんがと」

「お祖母ちゃんも少し、小言抑えなよ。歳取って、かわいくないの、嫌われるよ」

「一言、多いんだよ！」

怒鳴ったものの、前言を撤回することはなかった。よっぽど十万が欲しいらしい。

「じゃ、私は仕事探すよ」

そんなふうに同居は決まったのだった。

引っ越しの前に、離婚のことも含め、美代子にすべてを話さなければならなかった。

「今さらなんだけどさ」

引っ越しの一週間ほど前、隣家をたずねた。

「たぶん、みよちゃんはもうわかっているかもしれないけど」

「なあに？」

「私、離婚したんだよね」

「ええ、そうなの？」

美代子は目を見張るような表情になったが、たぶん、それは作ったものだろうと思った。本当にしては驚きが少なかったからだ。町の誰かから聞いたか、藍の様子から察したのだろう。

夫の離婚や高柳のこと、子供のこともざっくりと、こちらには非がないように説明した。

「夫の浮気がわかってから、しつこく言い寄ってくる男がいて人事に力を持っている人だから断れなかった。仕事も続けたかったし、つい付き合うことになってしまった……」

「子供は自分の方に来たがったんだけど、夫の親が裁判を起こすと言い出して、子供を泥沼の裁判劇に巻き込みたくなくて諦めた……」

「ちゃんとした仕事が決まれば、すぐに迎えに行くつもり……」

「結婚前もあとも、長く、責任のある事務職についていたから、仕事はすぐに見つかると思う……」

ぺらぺらとよく動く舌を感じながら、藍は美代子がどれだけ自分の言葉を信じているのか、と疑った。

しかし、ここに移住する原因となった祖母と母の仲直りの一幕を話すと、美代子がけらけら笑ってくれたのはありがたかった。

「本当に、藍ちゃんのお祖母ちゃんとお母さんはそういう人だよねえ」

ああ、久しぶりに笑った、と目をきらきらさせる。

「ひどい母親とお祖母ちゃんだよ」

「だけど、わかりやすくて、かわいいよ」

私好きだよ、二人とも、とつぶやく。

「私、偽物の善意で近づいてくるような人より、二人の方がずっと好きだわ」

「偽物の善意？」

美代子らしくない言葉で、藍は思わず聞き返す。

「かわいそうねえ、とか、大変でしょうねえとかさ、何かあったら手伝いますからねえ、とか言って、何もしてくれない人。大嫌い」

「そんな人いるの？」

「いっぱいいますよ」

自分で言っておきながら、美代子は話を変えた。具体的には聞かれたくないみたいだった。

「確か、駅前のお肉屋さんが求人募集の貼り紙してたよ」

「本当は事務職がいいんだけどねえ。前もやってたし」

「この街に事務職なんてあるわけないじゃん。藍ちゃんもおかしなこと言う」

美代子は芯からおかしそうに口を閉じたまま、笑った。

「ああいう商店で働いたことあんまりないんだけど。レジ打ちも知らないし」

「今はなんでもバーコードでぴ、ぴ、ぴ、でしょ。大丈夫だよ」

「みよちゃんは肉屋で働いたことあるの？」

「ないけど、スーパーならある。それに買い物してる時見てたらそんな感じでしょ」

どっこいしょ、と言いながら立ち上がり、台所の奥から白い包み紙を持ってきた。

「これ、金村《かねむら》肉店の包装紙。ほら、このバーコードのシールのところに電話番号が書いてある。条件とか細かいこと、聞いてみたら？」

指さしたところに細かい数字があった。それをスマートフォンで写真に撮らせてもらった。

「そんなことしないで、今、電話してみなよ」

「え」

美代子は目をきらめかせている。さっきの笑いのためだけではないようだ。

「どうせ、藍ちゃん、家に帰ったらしばらく迷って電話しないでしょう。こういう時は勢いがある間にさっさと実行した方がいいんだよ」

お見通しだった。正直、そのままだったら電話せずに終わりそうだった。

「最初の三ヶ月は見習いで九百円、その後は千円になるって書いてあったよ。悪くないでしょ」

美代子に背中をどつかれた感じで電話すると、せかせかした男の声で「履歴がわかるものを簡単でいいんで持ってきてください」と言われた。

言われた通り、次の日、履歴書を書いて持って行った。客が店の前からいなくなるのを見計らって、ガラスのショーケース越しに肉を切っている男に声をかけた。

「昨日、電話した北沢です」

「ああ」

履歴書の封筒を渡すと、「今、手が汚れてるから、出して」と言われた。

「明日から来て」

肉の血で汚れた指先でそれの端をつまんで、紙が広がるか広がらないかのところで、店長と呼ばれた男は言った。

「へ」

驚いておかしな声が出た。

「じゃ、よろしく」

すぐに奥に入ろうとするので、「……面接とかないんですか」と後ろ姿に尋ねた。くるりと筋肉質の背中が振り返る。鼻の大きなごつごつした顔をやっとじっくり見た。悪い顔じゃない、と思った。

「お祖母ちゃんの腰が悪くて、一日も早く誰かに来て欲しいの。あんたがちゃんとした人だってことはわかってるし」

「わかるんですか、そんなの？」

「あんた、さっきからそこにいて、人がいなくなるのを待って声かけてくれたでしょ。若くて、そういうことができるっていうだけで十分だから」

自分より少し年下に見える男に「若い人」と言われて、ちょっと照れた。

「そんな若くないし」

「この町で六十以下なら若いほう」

肩すかしを食わされた気がした。

「まだ、こっちに引っ越してないんです。仕事が決まったら引っ越すつもりで」

「いつ越してくるの？」

「たぶん、来週」

「じゃ、来週からよろしく」

こんなにちゃんとしたのいらなかったんだよ、ひらひらと履歴書をゆらして彼は笑った。

それで、あっけなく、仕事は決まった。


翌週、赤帽を使って簡単に引っ越しをし、その翌日からパートに通った。

月曜の定休日以外、午後三時から閉店までの八時と、そのあとの掃除を手伝って九時まで。夕方の混雑時が抜けた頃、十五分の休憩をもらえる……。

金村悠斗《はると》の説明を聞きながら、月に十二万くらいにはなるな、と藍は計算した。それなら、家に家賃分を納めてもお釣りが来る。店ではコロッケやメンチカツ、ポテトサラダなどの総菜も売っていて、残ったものは帰りに持たせてくれるらしい。

働くなら食べ物屋がいいよ、と美代子がアドバイスしてくれたことに感謝する。それだけで、一食が浮くだろう。

同じ時間帯に働く、熊倉《くまくら》さんという女性は六十代でもう二十年近くここでパートをしている。これまでは、この熊倉さんと金村と祖母がこの時間、店を回してきたのだそうだ。明るくほがらかで、わからないことはなんでも彼女に聞いていれば、機嫌が良い人だとすぐに理解した。熊倉さんは旦那さんと二人暮らし、もう、ここの揚げ物は食べ飽きたのだ、と言って、ほとんど藍に持たせてくれた。

それ以外に、客の少ない午前中に来るパートが二人いて、そちらは藍と同じ年頃の子供のいる母親と子なしの主婦だった。離婚した藍にとって、こちらと時間がずれているのもありがたい。

以前は、立ち仕事は嫌だ、食べ物屋は恥ずかしいと思っていたけれど、それは武蔵小杉のタワーマンションの住人たちに見られるのが嫌だっただけだ、と働き始めて知った。この歳になったら、この街の人ももうほとんど自分のことを知らない。かっこ悪い白い三角巾をつけることを義務づけられても、たいして気にならない。

そのうち、自分の子供時代を知る人と会うことになるかもしれないけど、その時はその時だ、と思った。

引っ越した翌週、いろいろ相談にのってもらったお礼もかねて、前日もらったメンチカツを二枚たずさえ、美代子の家に行った。

台所を貸してもらって、メンチカツを甘辛いつゆでタマネギとともに卵でとじる。パートの熊倉さんに教えてもらった。メンチカツの卵とじというか、メンチカツのカツ丼風というか。みみっちい料理だが、冷たくなったメンチの一番いい食べ方だった。

「あら、おいしそう」

藍の手元をのぞき込んで、美代子は言った。

「ここのところ、とんとん拍子にうまくいってるじゃない」

卵を割り入れながら、思わず苦笑してしまった。それは、「うまく」のレベルを下げればそういうことになるかもしれない。

関係した男たちを脅して母の保釈金を作り、三十を過ぎて祖母の家に出戻り、事務の仕事をやめて肉屋でパート、金を払って祖母を説得……。いったい、どこがどう「うまく」いっているのか。

「まあねえ」

しかし、そこで大きく否定してしまったら、美代子のような人の「幸せ」を馬鹿にしてしまうかもしれないと思って、曖昧に返事をした。

美代子が炊いていたご飯にメンチカツ煮を盛りつけて二人で食べると、彼女は目を細めて喜んだ。

「ああ、おいしい。人に作ってもらったご飯って、どうしてこんなにおいしいのかしら」

「わかる、その気持ち」

「最高のご馳走。藍ちゃん、本当にありがとう」

これだけ喜んでもらえれば御の字だと思いながらも、その侘しさに震える。ここまでは堕《お》ちたくないと密かに思う。もうとっくに堕ちているのかもしれないが。

「二人で食べると余計おいしいね。藍ちゃん、お祖母ちゃんやお母さんは大丈夫なの？」

「同じものを作ってきたから、あっちはあっちで食べてると思う。向こうはコロッケだけど」

「ははは、それはそれでおいしそうだね」

「うん。ジャガイモに甘い汁が染み込んでいいんだよ。次はコロッケ持ってくる」

「藍ちゃん、さすが主婦だねえ。料理がうまいわ」

心の中で馬鹿にしながらも褒められたら悪い気はせず、藍は唐揚げをもらったら甘酢にからめてチキン南蛮にするだとか、ポテトサラダはキャベツと一緒にお好み焼き風に焼くだとか、リメイク料理の話をした。

最初の日に気になったアンモニア臭も、何度か訪れればだんだん慣れてくる。この家で平気でご飯を食べられるようになった自分を、藍はたくましく思った。

「一昨日《おととい》だっけ。藍ちゃん、夜、車で帰ってきてたよね」

美代子は丼に顔を埋めていたから、その表情は見えなかった。

「あ、気がついた?」

「袋小路の入り口にでっかい車を止めてたじゃない」

一昨日は週一回の休みの月曜日。その日を逃したら、男と会う時間は取れない。

「誰? 男の人? 恋人?」

「……と言っていいのかねえ」

高柳正隆とは金をもらったあとも、なんとなくずるずると関係が続いていた。

三十万を手渡された時決していい雰囲気とは言い難かったのに、また会いたい、とLINEが来た。一度は断ったものの、大金をもらった弱みで待ち合わせして、結局、関係を持つことになってしまった。

「なんの将来性もないけどねえ」

「ね、体の関係とかもあるの?」

「それは大人だからねえ」

「ふーん」

自分から聞いてきたのに、答えると美代子は黙ってしまった。

あれ、二十代から実家で介護生活だった人には刺激が強かったかな、と心配して顔をのぞき込むと、美代子は意を決したように言った。

「私も、前に奥さんのいる人に誘われたことがあるの」

「へ？」

「前にお祖母ちゃんがね」

お祖母ちゃんが生きていた時、一時期リハビリに通っていたことがあった。お世話になっていたリハビリ担当の若い整体医に「必要な時はいつでも連絡ください」と携帯電話の番号を渡された、ということらしい。

「いつでも、どんなささいなことでもいいからってね。向こうからもかかってきたし」

それは、誘いといっていいのか微妙なところではないだろうか、と思いながらも、神妙にうなずいて聞いた。藍の不倫話のすぐあとにこれを話した美代子の真意を考えていた。

「おおい、りえこお、りえこお」

美代子が一度だけ電話したら男の妻が出た、というところまで聞いた時、奥の部屋から声がした。

「あ、お祖父ちゃん」

美代子はすっと笑顔を引っ込め、立ち上がった。美代子の祖父の声を聞いたのはそれが初めてだった。

「あ、ごめん。お祖父ちゃんもご飯だよね。私、これ食べたら行くね」

藍は慌てて、ご飯をかき込む。

「いいの、いいの、すぐ済むから待っててよ。お祖父ちゃんの昼ご飯はもっと遅くていいの」

りえこお、なにしとるんやあ、わてのおいどがぬれとるやろが。

さらに大声が聞こえてくる。

美代子は奥に入っていった。

はあい、いまねえ、おとなりのあいちゃんがきてくれてるんだよ。

二人が話している声が切れ切れに聞こえていた。老人に話しかける女は、どうして子供言葉になるんだろうか。藍は今、美代子が何をしているのか考えないようにして、残りを食べた。

ふっと気がつく。美代子は、藍が男や家族の話をしたあと、必ず、自分の過去の恋愛話をする。張り合っているのかな、と思う。それは意識的なものではないのではないか。無意識なもの……藍程度の女の人生に張り合って、つい過去の話をしてしまう気持ちなのか……。それはわからないでもなかったし、実家の掃除を手伝ってくれた人の悲しいところに気がつきたくなくて、藍は考えるのをやめた。

しばらくして洗面所で手を洗って、美代子が戻ってきた。

「ごめんね。お待たせ」

「りえこ、って誰？」

「お祖父ちゃん、りえこって呼んでたよね。みよちゃんのこと」

「え」

一瞬、聞き間違いかと思うほど明瞭だった。しかも、それを美代子がほとんど訂正もせず、話し続けていることが不思議だった。

「ああ、りえこっていうのはおばさんの名前。なんでか、私と間違えているのよね」

眉一つ動かさず、美代子は説明してくれた。

「ほら、ほとんどボケちゃってるから、仕方ないんだよね」

「お祖父ちゃん、関西の人なの？」

「え」

「関西弁だったからさ」

「……昔、住んでたことがあるみたい」

「へえ、そうなんだ」

美代子が、いただきます、と子供のような声を上げてご飯の残りを食べ始めたが、話は前のように弾まなかった。

「いや、それは聞いたことないねえ」

その日の夕食時、帰ってきた孝子と祖母ヤスに何気なく、美代子の祖父の話をした。

関西に住んでいたことも。

「あの人、江戸っ子だって自慢してる人だったからねえ」

「江戸っ子だって、仕事や何かで関西に住むことはあったでしょ」

孝子は面倒くさそうに言い放つ。

「いや、私だって江戸っ子だって言ったら、三代続かないと江戸っ子じゃないってほざきやがった。嫌な親父だと思ったよ。だから、間違いない。関西弁なんて話すわけないさ」

「前になんかで読んだことある。オーストラリア人か何かの年寄りが急にフランス語を話し始めたって。そういうのじゃないの？　百十歳にもなったじじいの脳味噌がどうなってるかなんてわからないよ」

確かに、そんなニュースをネットで少し前に読んだことがある、と藍は思った。

「それから、みよちゃんのこと、りえこって呼んでたけど、そんな人いた？　隣に」

「みよちゃんのお母さんはそんな名前じゃなかったよ」

「じゃない。伯母さんかなんか」

「そこまではわからないよ。うちだって、ずっと隣を監視してたわけじゃないんだから、スパイじゃあるまいし」

自分で言っておかしかったのか、祖母はハハハハハ、と大きく笑った。

「藍も意外に噂好きだよね」

別に噂好きというわけじゃない。

ただ他に話すことがない。

祖母、母、藍の女三世代同居。他に話すことといったら、金の話くらいだ。

実家の木造一軒家の家賃は月四万五千円だった。藍が二万円、孝子が一万五千円、ヤスが年金から一万を払うことになった。最初、三人で一万五千円ずつにしようと提案して、ヤスが「年金暮らしの婆が若い人と同じ金を払うのかい」と怒り、孝子が自分はほとんど家にいないのだから安くしろと粘った。藍がヤスの分、五千円多く払うと言って落ち着いた。これだって、本当は、藍が全額払わされるかもと怖れていたのだから、思ったほどの負担ではない。

そんな取り決めができて、やっと生活が落ち着いてきた。子供のことさえ考えなければ美代子の言う通り、確かに「わりにうまくいっている」状態なのかもしれない。

しかし、子供のことを考え始めれば、しばらく何も手につかないくらいさまざまな悩みが襲ってくる。今のままだと自分一人で実家に住むだけなら生きていけるけど、子供は育てられない。もう一つか二つ、仕事を増やして朝から晩まで働かなければならないだろう。その間、あの祖母や母と一緒にいさせることができるだろうか。

できない、というより、そうしたくない、と藍は思う。子供を彼女たちに近づけたくない。母たちも喜ばないだろう。だから、藍はいったん、子供のことは考えないようにして日々を送っている。実際、経済状況が好転しても、夫は子供をこちらに簡単には渡さないに違いない。

藍が内心、そんなことを考えているとは知らずに、祖母と母はめずらしく仲良く言葉を合わせた。

「口も悪いよね、藍。意外に」

「誰に似たんだか」

しかし、それはともかく、このところ、私たちは結構笑うことが増えた、と藍は思った。

大人になって、昔より少しいい。そんな気がした。

翌日、藍はまた美代子の家に行った。

その日のお昼は、前日のポテトサラダとコロッケのリメイク料理だった。八枚切りの食パンを買ってきてそれらを挟んで、ホットサンドメーカーのバウルーで焼く。すべての家事が苦手な祖母と母なのに、藍が子供の頃からなぜか、そのホットサンドを作る道具だけは家にあった。卵でもハムでも、前夜の残りものでも、なんでも挟んで焼けば食べられるものになるので、便利に使っていたし、カリカリに焼けた耳は藍の大好物だった。

　母は昼間から出かけていたし、祖母もまた、近所の新年会に誘われたらしく、久しぶりにいそいそと着物を着て出かけていた。

　メールをすると美代子は喜んで食べる、とすぐ返信してきた。

「あ、これ、昔、藍ちゃんちで食べたことある」

　ホットサンドをカットしたものを皿に載せ、上からふわりとふきんをかけただけで持って行くと、美代子ははしゃいだ声を上げた。

「そう？　うちに来た時、作ったことあった？」

「うん。すごいカッコいいなあ、って思って、お母さんにうちにもあれ買ってよ、ってねだったことあったから覚えてる。買ってもらえなかったけど」

「ホットサンドの道具ね、バウルーっていうんだよ」

「へえ、そうなんだ」

「もしかしたら、お父さんが持ってきたものかもしれない」

　藍は思わず、今まで誰にも話したことがない、そんなことまで漏らしてしまった。

「だって、あれ、うちのお祖母ちゃんとかお母さんとかが使うようなものに見えないでしょう。でも、私がものごころつく前からある。お父さん、一応、大学出た人で、ちょっとインテリだって、それだけは聞いたことあるの。だから、もしかしたら、お父さんがうちに持ち込んだのかなって、ずっと思ってたんだ、私」

「ふうん」

ほんの少ししゃれていて、でも、どこか懐かしい、そんなホットサンドを作ってくれる父親は、藍の理想のパパだった。だけど、美代子はたいして乗ってきてくれなかった。だから、藍はまたそのことを尋ねてしまった。

「……みよちゃんのお祖父ちゃん、結局、いくつなの？」

「え？」

美代子がぎょっと顔を上げた。

「ママとかとさ、話してたんだよね。みよちゃんのお父さん、四六さんていうんでしょ、お祖父ちゃんの四十六の時の子だから。ということはお祖父さんは今百歳以上になるんじゃないかって」

「そうね、そうなるかもね」

美代子は慌てたようにうなずいた。

「なるかもね、ってお祖父ちゃんの正確な歳、知らないの？　うちのママは今年、五十八。四六さんの十こ以上は年下だから四六さんが生きてたら六十八にはなっているよね、そこに四十六足したら百十四。役所から、なんか連絡とか来てるの？」

「連絡？」

「だって……いくら百歳以上の人がたくさんいるっていっても、今の世界一の最高齢者って百十六歳ぐらいらしいよ。そろそろ、ここのお祖父ちゃんも最高齢として報道とかされてもおかしくないんじゃない」

藍は純粋に疑問だった。美代子の祖父がいくつなのか、それを美代子がどうして話したがらないのか。

「それは……別に」

「別に？」

「私もそういうの、嫌いだし」

「そういうのって、何？」

「だから、表彰とか？　そういう晴れがましいの。お祖父ちゃんも嫌いだったよ」

「ふーん、そうなんだ。でもさ」

「でも何よ」

美代子の口調はいつもより少しきつかった。

「でも、なんかもったいないなあって思っちゃって」

「もったいない？」

「みよちゃん、こんなに頑張って苦労して介護しているのに、それ、ちゃんと皆に知ってもらえてもいいのに、ってつい思っちゃう」

「ああ、そういうこと」

美代子はやっといつものように、ゆったり笑った。

「そんなこと、どうでもいいよ。私は別に。普通のことしてるだけだし。それに、町の人は私が頑張ってること、まあまあ知ってくれているみたいだし」

「そうだけど、百歳以上、最高齢ってことがわかったら、日本中、世界中の人がみよちゃんの努力を知ることになるよ。褒めてもらえるよ」

「そんなの別にどうでもいいよ」

美代子は静かに言った。

「別に褒められたくてやってるわけじゃないし」

「でもさ、皆に知られれば、みよちゃんももう少し楽になれるかもしれない」

「え。どういう意味？」

「例えば、施設に入れるとか、介護保険をもらうとか、なんか方法あるんじゃないの。こんな、みよちゃんが一人で苦労しなくても」

美代子は黙った。藍は美代子が自分の話に耳を傾けてくれていると思って少し調子にのった。

「私、前から思ってたんだよね、ていうか、他の人たちも不思議がっていると思う。みよちゃん、なんでもっと人を頼ったりしないのかな、って。一人で面倒見ているのは偉いけど、他の人にも相談してみたら」

前に、祖母が、美代子と民生委員が喧嘩して、それからこの家のことには関わらなくなった、と言っていた。それが本当なら、何か機会があれば、また、そういう人に頼めばいいのに、と思っていた。

「藍ちゃんには悪いけど、私はそういうの嫌いなの」

美代子が丁寧な口調で、でもきっぱりと言った。

「嫌いって?」

「皆、介護保険を申請してとか言うけど、私の家は誰も助けてくれようとしなかったんだよ。お父さんの時もお祖母ちゃんの時も。誰もそんなこと教えてくれなかった。あとで地域の民生委員の人に街でばったり会って」

ほら、一つ上の学年の高橋《たかはし》くんのお母さん、と美代子は説明した。

「昔は家で学習塾をやっていた人、覚えてる?」

ああ、と藍も苦笑いしてしまった。

度数の強いメガネをかけて、「あんたもうちに来れば、もうちょっと成績が良くなるよ」と言う、押しつけがましいおばさんが、藍も苦手だった。藍の家にそんな余裕がないことは百も承知だったはずなのに。息子は確か、早稲田だか、慶應だかに進学して、そのことを自慢しまくっていた。

「覚えてる。あの人、今、そんなことしてるのか」

「そう。その時、なんでうちは介護保険のサービスとか利用できないのかって聞いたら、『あんたは若いから大丈夫でしょう。そんなに大変なの？　言ってくれなきゃわからないよ。こっちは忙しいんだから』って言われた。それから、絶対、あの人には頼みたくないの」

祖母から聞いた話と細かいところが少し違っているような気がした。こういう話はいろいろ変化して伝わるのかもしれない。

しかし、少し知っている相手だからこそ、高橋さんには頼みにくかったという気持ちもわかった。

「ちょっとわかるかも」

「嫌な感じだったよ。そりゃあ、忙しいのは本当だろうけど」

「そうだったんだ、ごめんね」

「ううん。藍ちゃんが謝ることじゃない。でもね、それだから私、意地になっても一人でやるの。一人でやり切ってやるの。そして、全部が終わったら」

美代子ははっとした顔で口をつぐんだ。

全部が終わったら……それは、祖父の死を意味するのだと気がついたのだろう。しかし、藍にはそういう美代子を責められない、と思った。

「みよちゃん、コロッケとメンチ、どっちが好き?」

話を変えた。

「……どっちかなあ。どっちも好きだけど」

「だねえ。パンにはコロッケ、ご飯にはメンチかな」

「私は反対。ご飯にコロッケ」

お互いに、今までのことがなかったように話を続けた。

当たり障りのない会話を続けながら、「全部が終わったら」、美代子はどうするのだろう、何がしたいのだろう、と考えていた。そして、結局、彼女の祖父の年齢はわからないままだった。


「ああ、馬場さんとこの」

肉屋では三時からのパートは最初の二時間、夕方五時くらいまでが暇だった。自然、パートの先輩の熊倉と話すことになる。

そういえば、この街に長い彼女なら、美代子のことも知っているかもしれない、とふと思い出して口にしていた。

「知ってます? 今はお祖父さんの介護している。偉いですよねえ」

「もちろん、有名だもん。みよちゃん。うちの下の子と学年は一つ違ったから同じクラスになったことはないけど。偉いよね、お祖母ちゃんとお父さん看取《みと》ってさ。昔は勉強もできたし、バスケも上手だった。それが今はお祖父ちゃんの介護だもん。並の苦労じゃないと思うよ」

ね？　昔はあそこの家に配達もしてたよね、と熊倉さんは店長の金村に話しかける。

彼は店の奥の大きなプラスチックのまな板の上で牛肉の腿《もも》を載せて処理をしている。スライスする前に、脂や筋を丁寧に取り除くのだ。

大きさはずいぶん違うが、牛の腿肉のかたまりは人間の脚とよく似ていた。腿は丸く太く、膝のところでいったんすぼまり、またふくらはぎがふっくらとした曲線を描いて足首がキュッとしまる。特にふくらはぎのあたりは女のようで色気さえあった。彼がそれに顔を近づけて、赤くてらてらと光る肉から小片を削り落とす様子は妙に艶《なまめ》かしかった。

「さあ、自分が来た頃にはほとんど配達はなくなっていたので」

彼は商業高校を卒業してから十年、ここで働いているらしい。彼の母は一人娘でもう一軒の金村二号店を任されている。その夫で悠斗の父である男は客商売を嫌って、普通のサラリーマンをしているのだそうだ。

「でも、聞いてない？　馬場さんのこと」

「いや」

肉に集中したいらしく、彼は丈の短いコック帽を小さく振って答えた。

「昔はこのあたり、大きなスーパーとかなくて皆、駅から遠いでしょ。魚屋も肉屋も八百屋もご用聞きに回ったんだよ」

それは、藍の祖母があの袋小路に住み始める、少し前の話らしい。祖母はほとんどご用聞きを利用したことはない、と前に話していた。

「あそこのお祖父ちゃん、もう百十になるんじゃないかって思うんですけど」

「そんなになる？　美代子ちゃんも大変だ」

「あの人、関西弁、話します？　聞いたことありますか」

「いやー、そんなに何度も話したことはないし、聞いたことないね。うーん、あんまり覚えてない」

「誰か、あそこのお祖父ちゃんに直接会ったことのある人っていますかね」

「それは、ここのおばあちゃん社長に聞いた方がいいかもしれない」

ね？　とまた、熊倉は後ろの金村に同意を求める。

「ご用聞きをやめたあとも、家まで持ってきてっていう昔からのお客さんがいたからね。ついこの間まで、社長は一人で配達してたの、歩いて。このあたりのことはなんでも知ってるのよ」

「へえ。でも、私、会ったことないからなあ」

このままだと、一度、社長に聞いてみたら？　と言われそうだったので、藍はさりげなく逃げを打っておいた。そんな知らないお婆さんに会うなんて面倒くさい。

「そのうち、元気になったら店に来るわよ」

熊倉さんは藍の耳に口をつける。

「この店は社長で持っているんだからね」

部分入れ歯らしい、彼女の口が少し臭った。この言葉、もう入店してから三回は聞いた。

「社長って入院していらっしゃるんですよね」

「今は退院して家にいるみたいよ。静養してる」

「馬場さんちにりえこって名前の人、いました？」

「さあ、そこまでは知らないね」

そこに子供の手を引いた若い女性客が来て、熊倉が対応に近づいた。

いろいろ尋ねても、藍は、社長に尋ねるほど美代子のことを知りたいわけではなかった。藍は二人に背を向け、ごくわずかに置いてある、カレールーやうま味調味料入りの塩コショウなどの保存食の棚の整理をするふりをした。頭の中では、次に熊倉になんの話を振ろうかな、と考えていた。

数日後の夜、寝る間際にめずらしく、美代子の方からメールが来た。

——明日のお昼は私がご飯作るから来ませんか。たいしたものは作れないけど（笑）。

そう言えば、美代子の作るご飯をほとんど食べたことがない、と藍は歯を磨きながら思った。

何を作るんだろう、とかなり気になる。

——ありがとう。本当にいいの？　みよちゃんの方が忙しいんだから、気を遣わないでよね。

——大丈夫、たいしたものは作らないから。藍ちゃんの方も手ぶらで来てね。

翌日の昼頃、美代子の家に行くと、インターホンを押しても応答がなかった。

あれ、と思う。買い物か何かに出かけていて、まだ戻ってないのかもしれない。

一応、ドアを手でノックしてみる。それでも、何の返事もない。

一度、家に戻ろうと思いながら、ドアノブに手をかけると、鍵が掛かっていなかった。

ためらいながら、そっと押した。しんと静まり返った家に人の気配はなかった。

やっぱり、美代子は出かけているんだろうか。お祖父ちゃんはどうしたのだろう。

遠慮しながらも、実家に戻るのも面倒で、玄関の上がり框《がまち》に腰をかけた。ここに座って待っているくらいは、今の藍と美代子の関係なら許されるのではないか、と思った。

すぐにスマートフォンを出して、美代子にメールする。

――家に来たけど、みよちゃんいないから、玄関のところで待たせてもらってるよ。

返信がくる気配はなかったけど、あまり気にもせず、藍はスマホを見ていた。

「りえこお、りえこお」

はっとした。

やっぱり、祖父は奥の部屋にいる。

「りえこお、どこにいる。りえこお」

彼の声はどんどん大きくなっていった。ほとんど懇願していると言ってもいい声色で、これまで実家の方で聞こえなかったのが不思議なくらいの音量だった。

藍は迷いながら、履いてきたスニーカーを脱いだ。

「みよちゃん、ちょっと入りますよ」

美代子がいないのはわかっていたが、それでも、断らずにはいられなかった。

「入りますよ、私」

それは、祖父の方に言ったつもりだった。

「り、え、こ！　どこ行ってるんや！　どこや！」

その時はもう、彼の声は叫ぶようになっていた。美代子がすぐに部屋に行かないと、あんな声を出すんだな、と思った。

藍はおそるおそる、家に上がった。廊下をゆっくりと歩く。彼の部屋に入るつもりはなかった。ただ、ふすまを開けて、声をかけようと思っていた。みよちゃんは今出かけてますよ、もうすぐ帰ると思うので。そんなことを言えば少しは収まるだろう。

こんな状況で美代子の祖父を確認することになるとは思わなかった。

ふすまの外まで来た。半間《げん》のふすまには薄いブルーで富士山らしき山が描いてあった。かろうじてそれがわかるくらい汚れていて、さらに、水か何かがはねたような跡もあった。

そっとそれに手をかける。

「あの、藍です。隣の家の北沢藍です」

そう言うと、中の声はぴたりと止《や》んだ。

「すみません。今、みよちゃん、出かけてるみたいなんです。もう帰ってくると思います」

「りえこ！　こっちに来い！」

また、彼の声が大きくなった。

「いえ、みよちゃんは出かけていて」

「りえこ！」

そっとふすまを開いた。十センチほど引いて、のぞいた。

部屋に窓はなく、廊下から入る日差しが唯一の明かりのようで、薄暗かった。

四畳半ほどの部屋の真ん中に布団が敷かれていて、老人が寝ていた。彼は痩せ細っており、白い浴衣《ゆかた》のような寝間着を着ていて、体を寒そうに縮めていた。掛け布団は脇にずれていて、掛かっていない。部屋の中には何も暖房器具がなく、エアコンも切れていた。

これではかなり寒いに違いない。掛け布団は、きっと寝返りを打ったりするうちに落ちてしまったのだろう。

藍は一瞬、玄関の方を見た。けれど、美代子が帰ってくるような気配はなかった。仕方ない。

これでは、老人が風邪を引いてしまう。ここで部屋に入って布団を直すのは許されるだろう、と思った。むしろ、感謝される行為だ。

「入りますよ……」

小さな声でつぶやいて、藍は中に入った。

少し饐《す》えた臭いが鼻につくものの、思ったほど、異臭はなかった。もう、ここの臭いにも慣れたのかもしれない。

藍は掛け布団を拾うと、祖父の上に掛けようとした。

その時だった。彼の手が藍の足首に伸び、老人とは思えない力と細い指でそれがつかまれ、引き寄せられるのを感じた。

「あ、やだ！」

驚くと同時に、あまりにも突然で思いがけない行動だったので、藍は尻餅をついてしまった。

「やめてください！」

しかし、彼の力は驚くほど強かった。そのまま足首を引き寄せられ、仰向《あおむ》けに倒れたところに上から覆いかぶさってきた。

年寄りの臭いと軽い骨の骨格を身の上に感じた。

「やめて、やめてください」

最初は、何かの間違いか、彼が自分をからかっているのかと思った。しかし、彼の右手がしっかりと藍の左胸をつかんだ時、はっきりとわかった。

信じられないことだが、この老人が性的に藍を襲っているのだ。

「やめ、やめてー」

声を上げても、誰も来てくれないことはわかっていた。それでも、叫ばずにいられなかった。

胸と股をまさぐられ、藍は渾身の力を込めて、自分の体を起こしながら、彼を押しのけようとした。

その時だった。

黒い影が部屋に入ってくるのを感じた。美代子だった。

「みよちゃん、助けて」

美代子は答えずに、藍とともに老人をひっくり返すように押しのけた。力を込めていた藍とともに、二人は老人の上に落ちるようになって押さえ込んだ。

ぎょ、ぎゅん。

自分の体の下で、何かが折れるような感触があった。

南方に棲む大きな鳥のような声を出して、老人は動かなくなった。

4

息が止まるかと思った。

自分の体の下で、枯れた枝のようなものがぼきぼき音を立てた感触が確かにあった。

藍の体重は五十キロ前後だったし、さらに美代子は軽く六十キロを超えているように見える。二人で、百十キロ。奇《く》しくも老人の推定年齢に近い。しかも、勢いがついていた。

老人が出した以上の声を自分が上げるのを感じた。

「どうしよう」

藍に押された美代子も、体を起こして並んで座った。

「どうしよう、みよちゃん」

自分の声が震えているのがわかった。

しかし、美代子は落ち着いていた。ぼんやりと藍の顔を見たあと、大丈夫、とつぶやいた。

藍は信じられない言葉が聞こえた気がして、美代子をまじまじと見つめる。

薄暗い空気の中、黒く冷たい美代子の目がこちらを見ていた。二つの穴のように冷静で感情がない。

大丈夫だから、藍ちゃん、大丈夫だから。

それを、藍は、美代子の思いやりと受け取ることにした。衝撃を受けている自分を慰め、落ち着かせるために言ってくれているのだと。そう考えるしか、今、彼女のこの平静を理解できなかった。

「どうしよう、みよちゃん、救急車呼ばなくちゃ」

藍は自分のスマートフォンをどうしたか思い出そうとした。確か、この部屋に入ってくる前にバッグを置いたから、玄関にあるはずだった。

「私……電話……」

「だから、大丈夫だから！　藍ちゃん！」

美代子にきつく腕を引っ張られて、藍はもう一度、その顔を見た。ちゃんと目が合うと、彼女は深くうなずいた。

「いいから、居間に行こう」

「だって、この人」

「いいって言ってるでしょ。藍ちゃんは居間に戻って。お弁当買って来たから」

やっとわかった。

美代子の落ち着きは思いやりかと思っていた。違う。彼女はおかしい。この事態に落ち着き払っていて、何も感じていないようだ。やっぱり、おかしい。

何か、異常なことがここで起きている。

「みよちゃん……」

藍は急に怖くなった。覚めない悪夢を見ているようだった。自分は、死にかけた老人に襲われ、そしてそれをやめさせようとして押し倒した。

それはもちろん、悪夢のような出来事だけど、現実だったとわかっている。太もものあたりに男の手の感触も残っているのだ。けれど、そのあとのことは？

普通の悪夢は現実とは思えないようなことが起こって、そして目が覚める。今は違う。最初は現実で、そして、だんだん悪夢に迷い込んでいるようだ。

藍は布団の下の老人を見る。やはりぴくりとも動かない。

「ほら、藍ちゃんはいいから、部屋に戻っていて。何もしないでね」

美代子の声は優しいと言ってもよいほどだった。藍の肩をぽんぽんとたたいて、部屋から追い出した。

藍が振り返った時、美代子は祖父に覆いかぶさって、小さく何かをささやいていた。

藍がちゃぶ台の前にいると、美代子が戻ってきた。

「お祖父ちゃんは？」

美代子はそれに答えず、藍の隣に座った。

「みよちゃん、お祖父ちゃん、大丈夫なの？　病院とかお医者さんとか……」

美代子はちゃぶ台の上のティーカップを取って、もう冷め切っている茶をごくりと飲んだ。

「みよちゃん……？」

「まず言っておくと、あの人はお祖父ちゃんじゃない」

「え」

「あの人は私のお祖父ちゃんじゃない」

「何言ってるの？」

美代子はまた目線を下げた。メガネの下の、近眼の美代子は少し目がでている。薄いまぶたに黒目が左右に動いているのがわかる。それほど、藍は彼女の顔を凝視していた。

「もしかして、誰か、親戚の人かなんか？」

それはこれまでも考えないではなかった。美代子の祖父が百十歳を超えて生きているというのはあり得なくはないがむずかしいことだろうし、彼を知っている人がほとんどいないというのもおかしい。であれば、別の親戚の男を介護している可能性はあると思っていた。それをなんらかの事情で美代子が誰にも言いたくないのかもしれないと。その理由はまったくわからなかったが、人が他人に理解できない理由で行動していることはたくさんある。

「誰なの？」

「……わからない」

「ええ？」

藍は驚くというより意味が理解できなくて、聞き返した。

「わからないって、誰なの」

「ごめんね、私にも誰だかわからないの」

「どういう意味？」

「だから、大丈夫なのよ。何かあっても、また新しい人を連れてくればいいんだから」

「新しい人？」

「名前も知らないから……」

「みよちゃん、何言ってるかわかってる？　あの人、誰なの？　どこの人？　親戚のお爺ちゃんかなんかなんだよね」

「だから、違うんだよ。あの人は知らない人なんだよ。私が連れてきたの」

「どこから」

「どこだったかなあ。でもさ、だからこそ、大丈夫なんだよ。安心して。何かあったら新しい人を連れてくればいいということなんだから」

　聞きたいことがありすぎる。

「何かあったらって、何が？」

「……死ぬとか？　いや、いなくなるとか」

「死ぬとか？　じゃないよ。死んだらどうするの。やっぱり、病院に行こう。病院に行けないなら、救急車を呼ぶしかない」

「そんなことしても無駄じゃない？　人は皆死ぬんだから」

　美代子はちゃぶ台の向こうできちんと正座をし、藍と目が合うと軽く微笑んだ。いつものように穏やかな、優しい姿だった。

「無駄って」

「そんなことしたら、警察に連絡されるでしょう」

「え」

「ほら、藍ちゃんのお祖母ちゃんもそうだったでしょう。病院で事件や虐待と疑われたら警察を呼ばれる」

警察と聞いて、藍もぐっと喉が詰まった。

「そうしたら、困るでしょ、藍ちゃんも」

「……でも、正直に話して……だって、私は襲われたわけだし」

「私が否定したら、そんなの、信じる人いる？　あんなよぼよぼの寝たきりのお爺さんに襲われたなんて。それに私は困るのよ。あの人、誰だかわからないから」

「だから、どこの人？　誰だかわからなくても、いきなり家に来たわけじゃないよね」

「あの人は確か、春日部《かすかべ》あたりから連れてきたのかな」

美代子はすっとちゃぶ台の上に手を伸ばした。藍は思わず、身を引いてしまう。美代子はみかんを取っただけだった。藍の様子に気づかないふうに丁寧に筋を取って、当たり前のように一房口に入れる。

「よく覚えてないけど、確か、春日部」

「春日部？　どうして春日部」

「前の人がいなくなった時、いろいろ探してたら春日部で見つけたの。そのまま連れてきた。結構遠かったから、大変だったわ」

「大変だったって……」

美代子が口を開けば開くほど、わけがわからなくなる。

「まず、もう一度聞くけど、あそこにいるお爺ちゃんはみよちゃんのお祖父ちゃんではないのね」

美代子はうなずく。みかんの房を歯でしごき、食べかすを出しながら。

「で、その人の名前はわからない、と」

「そう言ったでしょ」

「それは春日部のあたりから連れてきた人なのね」

答えはない。否定しないから、そうだということなのだろう。

「じゃあ、前のお祖父ちゃん、みよちゃんのお祖父ちゃんはどこにいるの？」

「……もういない」

「いないって……亡くなったってこと？」

また、声が震える。

美代子が藍の怖れなどものともしない態度でうなずく。

「その人は……お祖父ちゃんはどこにいるの？」

「だから、死んだって言わなかったっけ」

「お葬式はしたの？」

それは聞きたいところだった。ヤスは彼の葬式に行ったとは一言も言っていなかった。

美代子はいやいやをするように首を振った。

「してないの？」

「まあ、来てもらうような人もいないしねえ」

「みよちゃん、ちゃんと説明してくれないとわからないよ。お祖父ちゃんはどこにいるの？　お祖父ちゃんの……死体はどこにあるの？」

美代子はしばらく考えていた。

黙って、人差し指で上を指した。

「この家？　二階？」

「そう」

思わず、両手で口を覆った。

「死体が」

「死体というのとはちょっと違うけど。まあ、それはおいおい」

「おいおいって」

「お祖父ちゃんが死んだあと、私、代わりに他の人を連れてきたの。この人で三人目かな。この人以外に二人いる」

「三人も？」

藍は叫ぶような声を出してしまった。けれど、藍が驚けば驚くほど、目の前の美代子は落ち着いていくようだった。

「だって、どうしたらいいのかわからなかったから。私、ずっと介護してきた。だから、介護する以外にどう生きていったらいいのかわからなかったの。他にできることないし。お祖父ちゃんの年金もらえなくなったら生きていけないし」

「年金の不正受給のためにやったわけ？」

「不正じゃないよ。だって、私は介護してたんだから」

「そういうのを不正って言うの！」

「不正なら、私の介護労働はどこにいっちゃうの？　私は介護したんだから、正当な報酬を受け取る権利があるんじゃないかな」

「正当……」

確かに、美代子の労働はどこにいくのか。藍は答えられなかった。

美代子はにじり寄ってきて、藍の手を取った。

「ね、藍ちゃん、黙ってて。黙っててくれたら私がちゃんと始末する」

「……やっぱり病院に行こう。警察に行かされてもちゃんと説明すればわかってくれるよ」

美代子の手を、彼女を刺激しないようにさりげなくほどいた。藍の罪はたぶん傷害、それも故意ではない。事故として処理してもらえるかもしれない。美代子の罪はわからない。いったい、ここで何が起きているのかもわからない。けれど、軽い罪ではないだろう。

「私、警察に言うよ」

今度は美代子が警察を出してきた。「え」と聞き返すと、またにっこり微笑んで、藍の手をぎゅっと握った。今度は振りほどけない。

「何を?」

「これ、全部、藍ちゃんがやったって言う。お祖父ちゃんを殺そうとして殴って骨を折ったって」

「……何言ってるの」

そんなの警察だって信じるわけがない。ちゃんと話せばわかってくれるはずだ。藍はますます警察に行きたくなってきた。このままだと美代子に何をされるかわからない。

「やっぱり、私、救急車呼ぶ」

震える手でスマートフォンを出す。緊急連絡というところを押そうとした時に、美代子がそれを藍の手ごとゆっくりつかんだ。すごい握力だった。藍は手が動かせなくなった。

「だから、藍ちゃんがやったって言うって」

「そんなこと、誰が信じるの? 私には動機がない。そんなことをする理由がない。最初は疑われても、ちゃんと話せばわかってくれる」

「ふーん」

美代子はゆっくりと藍のスマートフォンを取り上げ、自分の膝の上に載せた。言葉とは裏腹に、藍はそれを取り返すことができなかった。それはすぐ近くにあるのに。

「藍ちゃんてやっぱり、頭いいね」

「何言ってんの」

「なんでも理路整然と考えるんだね。でも、そのいい頭で考えてみなよ。私が主張したら、少なくとも最初の第一報、マスコミの第一報は藍ちゃんの殺人未遂だよね。名前も出るよね」

どきりとした。

「私がどっかから連れてきたお爺さんだなんて、そんなの、私が話さなくちゃ誰もわからない、信じないよ」

「だけど、調べればわかる」

「それ、時間かかるよね。何度も言うけど、最初の第一報は藍ちゃんの殺人未遂。それ、子供のいる藍ちゃんには困ることなんじゃないの？　お母さんが殺人未遂なんて」

藍は心臓が痛いほどどきどきしてきた。美代子の言う通りだった。手が冷たくなる。

「ここには私のお祖父ちゃんの他に、二人のお祖父ちゃんたちがいる。ああ、今、藍ちゃんが殺した人は別にして」

藍は唾を呑み込んだ。何度聞いても怖ろしすぎて意味がよくわからない。

「きっと公《おおやけ》になったら大騒ぎになる。藍ちゃんはきっと、少なくともその事件の重要参考人としてマスコミに追われることになるよ」

「だけど、いつかは訂正される」

「マスコミの訂正記事なんてちゃんと読んだことある？　何ヶ月もして真実がわかっても、その時には皆、忘れてる。ただ、藍ちゃんが殺人未遂を起こしたことだけは残る。旦那さんはそんな人に会わせてくれるかな、子供を」

「……何が言いたいの？」

「私には失うものは何もない。だけど、藍ちゃんにはある」

美代子は藍の方にまたにじり寄ってきた。肩に手をかけてくるのを、払いのけた。

「何度も言ってるでしょ。藍ちゃんは何もしなくていい。何もしないでいてくれれば私が処理するし……それから、そう、藍ちゃんがもっとお金をもらえることも教えてあげるよ」

「お金……？」

「そう、うまくすれば、肉屋で働かなくてもいいんだよ」

「私、あの肉屋、嫌いじゃないよ」

「嘘。本当は事務職がいいって言ってたじゃない。藍ちゃんは、本当はあんなところで働きたくないんだよ。自分はエリートだと思っている。こんなところにいる人間じゃないと思ってる。私とも仕方なく付き合ってる、隣だから」

「そんなことないよ」

声が自然に小さくなってしまう。

「別にいいんだよ。それでも。でも、私のこと助けてくれたら、子供も引き取って、また、前の世界に戻れるかもしれないよ」

藍は一度、拒否した美代子の方を見た。美代子は深くうなずく。

「暇とお金があれば子供だって引き取れるでしょ。最初に教えてあげればよかったんだけど、藍ちゃん、働きたいみたいだったからさ。でも働かなくてもお金はもらえるの。それには、藍ちゃん、何もしなくていいの。何もしないだけが、あなたを救う方法。これから、病院に行って、あれこれ聞かれて、警察に連れて行かれて……たぶん、逮捕されるよね。それから何時間も何日も取り調べを受けて、留置所に入って……もしかしたら、疑いは晴れないかもしれない。そしたら、どうするの？」

藍はわからない。ただ、身体が固まったように動かなかった。

「じゃあ、お祖父ちゃんたちに会わせようか」

美代子はそう言って立ち上がった。

「え」

「会ってもらえばわかるかもしれない。私の秘密。私の宝物。私のすべて。誰にも見せたことないんだ」

美代子は引き戸をしゅうっと開き、出て行った。階段の前でこちらを振り返る。

「どうする？　藍ちゃん。一度しか見せないよ」

「いやよ、そんなの」

「大丈夫、怖くないよ。変な臭いがしたりもしない。とってもきれいなんだよ」

そして、とんとんと階段を上がっていった。

藍は立ち上がることすらできなくて階段の下ににじりより、上を見上げた。美代子のジーンズの裾とソックスの足の裏が見える。じっと藍を待っているらしい。

「みよちゃん」

声が震えた。

「私は無理だよお」

泣きたい。けれど、なぜだか涙が出ない。その力も入らない。

「早くおいでよ、藍ちゃん」

藍は玄関を振り返る。

あそこから出れば、まだ、間に合う。走って家に帰り、祖母か母に全部打ち明ければいい。みよちゃんがおかしいんだよお、変なこと言うの、私は悪くないの。

「藍ちゃん」

「みよちゃん、私は無理」

「藍ちゃん」

ただ、名前を呼ばれているだけなのに、それはなんと怖い響きか。

みよちゃん、私は無理なの。そんなことできないの。ただ、子供を育てたことがあるだけで、介護とかしたことないし、みよちゃんほどの度胸もない。

家に帰ろう、家に帰れば全部、終わる。家に帰って祖母か母に言いつければ、きっとあの二人がなんとかしてくれる。そしたら、私はもう二度と家から出ない。この家からみよちゃんがいなくなるまで。そしたら、皆、忘れられる。

いや、祖母や母が本当に守ってくれるだろうか。そんな力や気持ちが二人にあるだろうか。

きれい、と言った、美代子の言葉も心に引っかかる。きれい、というのは死体のことなのだろうか。死体がきれいとはどういうことなのか。

昔から美代子は藍に新しいものや世界を見せてくれた。蟬の抜殻やねじり花、トンボの交尾。教えてくれたのは全部、美代子だ。

「藍ちゃん、変なこと、考えないでね。こっちに来なかったら、全部、藍ちゃんがやったって言うから」

階上から降ってくる、その言葉に押されて……いや、もしかしたら、そこにはどうしても抗《あらが》いがたい、好奇心があったのを否定できなかった。藍はいつでも逃げられる。それなのに逃げなかった。一目見たいという気持ちが恐怖より、子供への愛情より藍を支配した。いったい、上にいる人というのはどういう人たちなのか。

藍はそろそろと立ち上がった。一つ一つ、階段を上がって行く。

「偉い、偉い、よく来たね」

二階まで上がると美代子は褒めてくれた。

まだ、間に合う。今なら逃げられる。

しかし、美代子はがっちりと藍の腕を取った。藍の耳に唇を寄せた。

「さあ、開けてみな。私が今まで誰にも見せたことがないものだよ」

美代子は藍の手をふすまの引き手にいざなった。藍はそれに手をかけた。もう一度、彼女の方を見ると、大きくうなずいた。藍はゆっくりと力を込め、開けた。そろそろと、自分の力で。

昼間のはずなのに、部屋は真っ暗だった。

「皆、寝てるでしょ」

美代子が小声でささやいた。

確かに布団が三組敷いてあった。

そして、そこには老人……老人の頭らしきものが三つ並んでいた。掛け布団が深くかぶさっているので顔は見えない。

「何、あれ」

「み、い、ら」

美代子はどこか楽しげに言った。

「え」

「全部、ミイラになってるの。乾いて、カラカラのカチカチよ」

うわっと心の中では思っているのに、瞳は暗がりの中で光を探している。逃げ出したいのに、足は床に釘付けにされたように動かない。

目を凝らしてよく見ると……だんだん、暗闇に目が慣れてきて……そこには布団の端から少し見えるぼさぼさの髪のようなものがうっすら見えた。

「わああ」

それを見て、藍の心はやっと恐怖を取り戻した。

「ぎゃあああああ」

藍は転がり落ちるように階段を下り、履いてきたスニーカーにつま先だけを引っ掛けると、自分の家に駆け込んだ。

明け方まで一睡もできずにいた。パートは休んだ。布団をかぶったまま、暗闇で目を開けていた。

朝になってやっと、うとうとまどろんでいたらしい。いきなり母の怒鳴り声で目が覚めた。

「隣の美代子から電話だよ」

「え？」

「家の電話にかかっている。あんたが携帯に出ないからって。朝から電話なんてしてくんな、ってちゃんと言えよ」

面倒くさそうにそう言うと、ぴしゃりとドアを閉めた。

実家の階段の下に、電話台があって、確かに家電が置いてある。しかし、最後に使ったのがいったいいつのことなのか、ほとんど覚えていないほどだった。

母に言われて仕方なく、藍は起き上がった。

子供の頃から使っている三畳間、ベッドと学習机を置いたらほとんどいっぱいだ。ベッドも布団も、机も椅子も、すべて中学の時に買いそろえてから変わっていない。

今、母が音を立てて閉めたばかりのドアを開けてゆっくり階段を下りる。居間からテレビの音が漏れ聞こえる。それもまた、中学生の頃から同じ風景なのに、藍一人がなんと変わってしまったことか。

保留にしてあった受話器に手をかける。ため息が出た。

「はい」

「息をしなくなりました」

ものすごく簡単で直接的な言葉だった。

「そんなこと言われても無理。私、何もできない」

たぶん、許してはくれないだろうとわかりながら一応、断った。

「藍ちゃんは少しでいいから。あとは私がやるから大丈夫。あとでこっちに来てね」

もう、美代子の家に行くのも嫌だった。

「とにかく、一度だけうちに来てくれたらいいから。そしたら、警察にも言わないよ」

「……あとで行く」

仕方なく、そう答えた。

「じゃあ、午前九時に来て」

時間を指定されて断れなくなった。何か言い返す前に、ぶつり、と電話が切れた。

もう、眠れそうにない、と思った。

玄関口で、美代子はにこにこと藍を迎えた。

「よく来てくれたねえ、藍ちゃん。ありがとう」

手を取らんばかりの上機嫌で、実際、彼女は土間に降りて藍の体に触ろうとした。藍はさりげなくそれを避けた。

「ごめんね、みよちゃん。私……」

藍はこれだけは言わなくてはならない、と心に力を込めた。

「私、やっぱりできない。人をミイラにするなんて、死体に触るなんて」

「大丈夫、大丈夫。私が全部やるから。嫌だ、藍ちゃん、そんなこと考えてたの？　いいから、大丈夫だから。とにかく、上がってよ」

美代子はスリッパをそろえた。これまで見たことない、真新しいスリッパだった。藍はおそるおそる、それに足を入れた。

「これ、昨日の夕飯の買い物をする時についでに買ってきたの。藍ちゃん専用に」

そう言われたとたん、スリッパの中で藍の足の指がぎゅっと縮こまった気がした。美代子はあんなことがあったあとでもスーパーに行ったのだろうか。そして、藍がずっとここに来ることになると思っているのだろうか。

「だからね、みよちゃん……」

「とにかく見てよ、藍ちゃん、お風呂場を」

「え」

そこに何があると言うのだろうか。

「ちゃんと準備しておいたんだよ、私」

便所の隣の風呂場は、引き戸を開けると洗面所がある、昔風の作りだった。その奥が風呂場になっていて、アコーディオン式のドアがある。それだけは少し新しかった。

「みよちゃん、だから無理」

「これだけは見てよ、そのくらいしてくれないと」

美代子がガラリと戸を開けると、風呂場の床に裸になった老人の死体が置いてあった。

「うわあ」

藍が飛びのこうとした時、美代子が腕をぎゅっと握った。

「藍ちゃんはただ見ていてくれればいいから、私がしていることをただ、横で見ててくれればいいから」

「だから、それが無理なんだって。私には絶対無理。駄目、できない」

「そのくらいしてくれてもいいんじゃないの？　これから私はこの死体の鼻から脳天に穴を開けて、脳を取り出して、それから内臓も取り出して、乾かすんだよ。藍ちゃん、お願い。脳を取り出すところだけでいいから、横で見ていてよ、ね」

「だって」

「脳って、ゼリーみたいなのよ。なんとなく、豆腐みたいだと皆、思ってるみたいだけど、本当はゼリーなんだ」

明るく言う美代子に、藍は逆らえないものを感じる。全身の力が抜けて、その洗面所にふらふらと座り込んでしまった。

美代子は風呂場に藍を座らせ、老人の頭を持たせた。目は半ば閉じられ半ば開かれ、口元もだらしなく緩んでいる。身体はまだ固く、首も棒のように一直線だ。死後硬直というものがまだ解けてないからだと美代子は説明してくれた。

厚いゴム手袋を通してもその重みは明確に伝わってくる。しかし、ちょっと見には老人を膝枕する、孝行な娘に見えるかもしれない。

「ぎゅっと持っていてよね」

反対側に座る美代子はそれだけ言うと、菜箸を老人の鼻から突っ込んだ。するするとそれは入っていく。

「いやあ」

彼女がすることをあらかじめ聞いていていても、思わずのけぞった。彼が死んでいることはよくわかっていていても、自分の鼻の奥につんとした痛みを感じた。さらに、死体を扱っているグロテスクさが藍の身体を自然に動かす。自分でも細かくは説明のできない衝撃で、自分の体を制御することができない。彼の頭は手から滑り落ち、ごちんと浴室の床に落ちた。思わず立ち上がる。

「無理だよ！　こんなの無理！」

「ちゃんと持ってててって言ったでしょ」

静かだったが、有無を言わせない、はっきりした声だった。

「だって」

「ちゃんと押さえてて、藍ちゃん。藍ちゃんだけが頼りなんだよ。お願い」

「だって」

中腰の姿勢で美代子と老人を見下ろす。美代子は下にいるのにまったく動ぜず、こちらをじっと無表情で見ている。

「早くやらないと腐ってしまうのよ。ここ数日が勝負なの」

美代子の言葉で藍はまたしゃがみ込む。彼女に口答えはできても、そこから逃げ出すほどの度胸はない。

「さあ、しっかり持って！」

藍がいやいや頭を持つと、美代子はさらに箸を奥に押し込んだ。それは永遠に続くかと思われた。しかし、流石《さすが》に無限にそれが入っていくわけもなく、二十センチほどのところで止まった。

藍は思わずため息をついた。こんなの、どだい無理なんじゃないか……藍の脳裏に母が祖母を刺した時の大量の血とペーパーが思い浮かぶ。人間の体はすごい量の血液や体液があるのだから。

「ここからが大変」

藍の気持ちを見透かしたように、美代子はどこか楽しげに言った。

「しっかり頭を支えてて」

菜箸を左手に持ち替え、右手に木槌を持った。これでさらに箸を奥に刺し、鼻と脳を遮る薄い骨に穴を開け、脳味噌に到達させるつもりなのだろう。

「行くよ！」

箸と木槌が当たる、かん、といい音がして最初の一突きが入った。

「うわあっ」

ぎゅっと挟んでいたつもりなのに、老人の頭はするりと手を抜けて、藍の腹のあたりにぶつかりそうになった。藍は身をのけぞらして、手を後ろについてしまった。

「だから」

美代子は静かに、同じ言葉をくり返す。

「しっかり頭を支えて。お願い」

「だって、頭は丸いし、滑るんだもん」

「じゃあ、お腹か股で押さえるしかないわね」

「え」

「お腹で止めるか、股で挟むしかないってこと」

同じ姿勢のまま、藍はまた大きく息を吐いた。

「しっかりしなよ。お母さんでしょ、藍ちゃん」

これがしたかったのではないか。美代子が老人の死を警察に届けず、一人で始末せず、手伝わせるのは、藍に命令したかったから。

藍は美代子を見た。自分の目が尖ってにらんでいる感覚がある。

美代子は巧みだった。ほんのわずかなことから藍にやらせ、そこから少しずつハードルを上げていく。最初は「横で見ていて」、次には「ちょっとここを押さえて」……気がつくと老人の頭を膝に載せていた。

「やめたければやめてもいいけど」

美代子はもう、ほとんど優しいといってもいいような声で言う。

「でも、もう、この人に藍ちゃんの指紋とかついちゃってると思うのよ。私が警察に言ったら、逃げきれないんじゃないかなあ」

藍はのろのろと身を起こし、老人を見下ろす。白いカサカサした肌、垂れ下がった頬、目の下の皺、そこだけ唯一肌が張っている小鼻。

この男はいったいなんなんだろう。いったい誰なんだろう。どこで生まれ、どこで育ち、どんな生活をしてきたのか。どうして藍はこの男といるのだろう。

本当に死人の皮膚に指紋てつくんだろうか。藍にはわからない。けれど、言うことを聞くしかない。

藍はまた彼の頭を持って、黙って股に挟んだ。自分のお腹に何度もそれが当たるのはまっぴらだったし、そちらの方が、力が入りそうだった。自分の股と彼の頭の間に手を差し入れて支える。

「女の股に力あり、と書いて努力って昔、習ったの、思い出した」

美代子の軽口に付き合っていられない。とにかく、早く済ませたかった。

章人も茜も出てきた場所だった。たくさんではないが、何人かの男が入ってきたところでもある。力を込めた。

「じゃあ、行くよ!」

美代子の手の中の木槌が、さらにいい音を立てた。

かん。

音は乾いているのに、藍の股に響くのは、ぐずっぐずっという何か濁った感覚だった。

これが鼻の奥と脳を隔てる骨をかち割る感触なのか。

かん、かん。

美代子の手が振り終わるたびに箸は鼻に吸い込まれていく。

藍は自分がずっと鼻を啜り上げていることに気づく。泣いていた。両目から、だらだらと涙が流れる。派手に啜り上げても到底追いつかない量の水が顎から流れ落ちる。

脳に穴が開いてからも、藍と美代子はもめた。

美代子が、なんと鼻から脳にストローのようにゴムチューブを突っ込んで、脳を吸い出せと言い出したのだ。

それはさすがに藍にはできなかった。口元までチューブを持っていくだけで吐きそうになる。

「本当にこんなことしてきたの」

美代子に尋ねると、彼女はけろりとした顔で「うん」とうなずいた。

「だって、エジプトのミイラを作る時に、奴隷たちはこうしたって書いてあったんだよ」

「どこに」

「ネットに」

「私は、奴隷じゃない！」

言ってにらみ合ったあと、藍はぷっと噴き出してしまった。

現代に、大仰な「奴隷」という言葉を使って怒鳴り合う滑稽さ。文字通りの奴隷という意味と、藍は美代子の「奴隷じゃない」という意味が重なって、二重にも三重にも変な言葉だと思ったら笑えてきた。

足下には鼻から血を流している老人の死体と、吸い出さなければならない脳味噌があるというのに。

「他にいい方法があるはず」

「あるかしら」

「あるよ！」

藍は考える。掃除機で吸い出したらどうだろう。できるだけ細いノズルを探して突っ込めば……しかし、水分が含まれるものではすぐに故障してしまうかもしれない。いや確か、床にこぼれた水のようなものも吸い込める掃除機があるはずだった。

けれど、終わったあとの、掃除機の掃除を考えると……。

「あ」

藍は思わず、声を出した。

「百円ショップにさ、菜箸の先にスプーンが付いたやつ、あるでしょ。あれなら鼻から突っ込んでかき出せるかもしれない」

「そんなことできるかな」

美代子は疑い深そうな目でこちらを見る。

「細長いスプーンだから入るよ、たぶん」

「一匙《ひとさじ》ずつかき出すなんて時間がどれだけかかるか」

それでも、口で吸い出すよりましだった。一晩中かかっても、吸い出したくない。

「あれなら、百円だからいくらでも買えるし」

「藍ちゃん、やったことないからわからないんだよ。結構、あるよ、量。脳の。一キロ以上あるんだから」

なんと言われても、藍は吸い出せない。

「あー」

さらに大きな声が出た。必死なんだろう。いくらでも頭が働く。

「ソーセージを作る時に使う、太い注射器みたいのはどうだろう」

そういう道具をテレビかなんかで観たことがある。藍はゴム手袋を取るのももどかしく、着ていたビニールエプロンも取って、スマートフォンがある居間に走った。

アマゾンや楽天で調べると、それは簡単に見つかった。「ソーセージメーカー」というらしい。その針の部分につなげられるゴムチューブも合わせて探す。「ソーセージ」「作る」と検索窓に入れると、手動で肉をミンチにする機械「ミンサー」というものも見つかった。

これもいずれ使うのではないか……と自然に考えている自分に気がついて、ぞっとする。こんなものを使わずにすめばいいが。

「どう？　あった？」

美代子が肩のあたりからのぞいてくる。その距離が以前より近い気がした。

「これ」

指さすと、「ああ、いいかも」とやっとうなずいてくれた。

「それなら使えるかもしれない」

藍は思い切って、ミンサーを指さす。

「こういうのは？　これから使う？」

「あれば使えるかもしれない。内臓は取り出して、一度腐りにくいように茹でてから捨てるから、その時ミンチにできればより安全だよね」

美代子はこともなげにうなずいた。

注射器型のソーセージメーカーは五千円ほどもした。ミンサーは手動か、電動かで違いがあるが、やっぱり五千円から二万円ほどもする。

痛い出費だったが、藍が注文して、美代子の家に送ってもらうように手配した。

続きの作業は道具が届いてから、ということになった。

「藍ちゃん、やっぱり、頭いいよね。こんなこと、すぐに思いつくなんて」

美代子はまた、のんびりこたつでみかんを食べている。

藍からすれば、どうしてこんな簡単なことを思いつかないのか、と思う。

しかし、今の藍には、美代子の方がすごいと思える。奴隷がやったように鼻から脳を吸い出すなんて。介護をしてきた女はここまで強くなれるのだろうか。

「お前なんかあの時、死んだらよかったんだよ！　どうせ、ろくな金もないんだから」

藍がパートから帰ってくると、母、孝子の怒鳴り声がいきなり耳に入って、げんなりした気持ちになった。

このところ、二人はさらに仲が悪い。ほとんど毎日のように怒鳴り合っている。最初の原因はなんだったか……、確か、孝子が食卓の上に置いておいた二百円がなくなっていて、祖母が取っただとか、取ってないだとか、逆に以前にヤスが昔貸した千円を孝子が返さないだとか、そんな理由だった。

ヤスは、金がなくなった時、孝子がなんの迷いもなく自分を疑ったことにいきり立っていた。

「藍かもしれないのに、いきなり親を泥棒呼ばわり。いい加減にしてくれ」

「あんた以外にいったい誰が二百円なんて盗むんだよ。馬鹿か」

また、同じ話をくり返している。藍はため息をつきながら廊下を通り、そっと自分の部屋に入ってジャージに着替えた。二人のいさかいが始まったら、黙っているのが一番いい。下手に関わると巻き込まれかねない。

「だから、そんなの取ってないって、何度も言ってるだろう。それを言うなら、あんたに昔貸した千円を先に返しておくれよ。話はそれからだよ」

「あああー、認めましたねー。あたしの二百円を取ったの、認めたってことだよね、それ」

「どうしてそういう了見なんだよ。そんなこと、誰も言ってないだろうが！」

「言ったよ、言ったも同じ。さあ、返してよ、二百円！」

「あたしが取った二百円ならすぐに返しますよ。違うから絶対に返さないんだ！　このインランクソバカ女！」

「泥棒！　泥棒！　泥棒！」

藍は仕事帰りで腹も減っていたが、部屋を出たくなくなった。本当はご飯を食べたいのに、ただ、ため息をついてしゃがみこんだ。怒鳴り声を聞きたくなくて、両耳を手でふさぐ。

なんで、私がこんな目に合わなければならないのか……午前中はミイラを作って、午後から夜は肉屋で働いて、肉と血の臭いが鼻に染み付いて、くたくたに疲れているのに。

しかし、次の瞬間、母の大きな悲鳴が聞こえてきて、慌てて立ち上がった。ふさいだ耳にも届く、つんざくような声だった。また、何かあったんだろうか。

居間のふすまを開けると、孝子が両頬を手で挟んで、尻餅をついていた。

「ちょっと、何してるのよ！」

「こいつが引っかいたんだ！　こうやって両手でガリッて！」

孝子はヤスを指さして、大声を上げた。

「あたしの顔に傷が、この顔に」

確かに、孝子の顔には赤い引っかき傷ができていた。血も出ている。

「もう！　ちょっと！　お祖母ちゃん！　何したのよ」

祖母はこちらをにらみつけている。

「こいつがあたしを泥棒だって騒ぐからだよ。金なんて取ってないのに。絶対、取ってない。絶対、絶対やってない」

ヤスはまるで子供のように両足を踏み鳴らしてわめいた。

「だったら、二百円はどこに行ったんだよ」

「お前も、千円返せ！」

藍は今夜何回目かのため息をつく。

「じゃあ、二百円、私がママに払うからもうやめてよ」

すると、二人とも静かになった。

それがまた、藍を絶望的な気持ちにさせた。これまで、殺気を漂わせて怒鳴り合い、隣近所に聞こえるような悲鳴をあげていたのに、たった二百円を渡すだけであっさり引き下がるなんて。

しかし、それもまた甘かった。次の瞬間、母が口を開く。

「だったら、藍がババアに二百円やることになるだろう。おかしいじゃないか。だったら、あたしにも二百円くれ。全部で四百円だ」

「お前が間違って使っただけかもしれないのに、なんで、四百円もらうんだよ！」

祖母がまた、母につかみかかった。今度は母の肩のあたりをつかんでいる。母も負けずに祖母の両腕をつかむ。下手な相撲か、もしくはダンスのように、二人の老女はよろよろと部屋の中をもつれながら回る。

藍は二人の間に入り、がっちりとつかみ合っている手を解いた。

「もう、止めてよ！　たった二百円で、恥ずかしいよ」

つい、その言葉が出てしまった。

「お前、親に恥ずかしいとかよく言えんな。この恩知らず」

孝子がぷいっと横を向いて部屋を出ていってしまった。

藍はまた、大きな大きなため息をついた。自然に、首ががっくりと前に倒れた。

「お母さんの言う通りだよ、あたしたちが恥ずかしいなら、家を出て行きな」

恥ずかしいって、そういう意味じゃないよ、力なく言って、藍は自分の部屋に戻るしかなかった。空腹はもうどこかに行ってしまった。

どうせ、また、明日になれば同じことで、また新しい理由をつけて喧嘩するだろう。それは目に見えていた。

いつかまた、二人は前のような事件を起こすかもしれない。そして、その時は本当にどちらかが命を落とすかもしれない。それが一番怖かった。

正直、別に二人のどちらかが死んだってかまわない。けれど、これ以上問題を抱えるのはまっぴらだし、元夫に子供と引き離す理由にされるのも嫌だ。そのためにミイラ作りまで手伝っているのに。

二人を別居させることができたら……けれど、金はないし、それをどうしたら叶えられるのか、まったくわからなかった。

――古代エジプト人は、人が死んでも、魂はいつまでも生きていると、信じていました。

藍はパートに行く前に立ち寄った図書館で、ミイラについての本を探した。司書に尋ねるのは怖かったので、図書館のパソコンで検索する。

美代子が言う、脳を吸い出すという方法は本当に正しいのだろうか、それを確かめたかったのだ。

すると、ミイラを題材にしたラブコメやホラー小説に混じって、ミイラの歴史や作り方について書いてあると思われる本が数冊引っかかった。

市内の他館の閉架にあるものをのぞくと、この図書館に置いてあるのは一冊だけだった。すぐにカードを作ろうとして手が止まる。

もしも、怪しまれたらどうしよう。

いや、ミイラの本を数冊借りたり買ったりしたとして、誰が、それを利用して死体を処理すると考えるだろうか。

迷いながら、図書館の閲覧室でそれらを広げる。驚いたことにそれは絵本だった。あまり洗練されていないが、丁寧な絵で表紙にミイラの絵が描いてある。外国人が筆者だった。いったい、どこの国の親がこんな気味の悪い絵本を子供に与えるのか。自分なら絶対嫌だ、と藍は思う。

しかし、広げてみれば、意外に詳細なミイラの歴史と作り方が書いてあった。

古代エジプト人は魂が二つあると考えていて、それが戻ってくるための身体としてミイラを作った。

そういった歴史的な記述はさっと読み飛ばして、ミイラ作りの神官たちがそれを作る様子を描いている箇所を探す。遺体の頭の部分に棒を突っ込んでいる絵を見つけて手が止まった。

——金属の鉤《かぎ》をつかって、脳を引き出し、
思わず、「おお」という声が漏れてしまった。閲覧室には藍の他に新聞を読んでいる老人しかいなかったから助かった。

鉤で引き出す。

なるほど、美代子によればゼリーのような脳だが、それは薄い膜に覆われている。あれを引っかけて引き出せばわりに楽かもしれない。

——内臓を抜き出したあとには、炭酸ナトリウムをつめこみます。

——体の外側も炭酸ナトリウムでくるみます。

すばらしい。こんな子供用の絵本だけでこれほどの知識が入るのだ。やっぱり、本はすごい。知識の宝庫だ。

スマホを出して、炭酸ナトリウムを検索する。多くは洗剤などに使われる薬剤で、五キロ十キロと、簡単に大量購入できるようだ。

藍は思わず、周囲を見回した。

この本、借りて帰りたい。他にミイラの専門書があり、それは通販か何かで取り寄せ、藍が読むとして、絵本は美代子に見せてやりたい。

ここで借りていくのと、アマゾンで買うのと、どちらがどのくらい危険だろう。

今月はもうずいぶん買い物をしてしまっている。できたら出費を控えたかった。

考えてみれば、アマゾンではすでにソーセージメーカーやらを買っているのだ。今さら、控えたところで何が違うだろうか。

びくびくしながら、新しく図書カードを作ってそれを借り出した。藍はまだ、住民票を移していなかったが、市内の肉屋で働いている、と言うと、簡単に作ってくれた。

「知ってる？　昔、アンデスの高地ではミイラになった遺体と生活を続けたって」

藍は馬場家の台所のテーブルで、肉用のミキサー、ミンサーを使いながら、大鍋をかき回している美代子に話しかけた。

美代子は前夜、自らが腹を切って引き出した、老人の内臓を寸胴鍋で煮ている。

その作業を藍にやらせたりはしなかったけれど、立ち会いはした。美代子が風呂場で作業しているのを外から見守っただけだったが。

作業の最初、美代子がぐさっと腹によく研いだ刺身包丁を刺し、ゴム手袋の手で無造作に血まみれの内臓を引き出した時には、少し吐いた。

「体全部を見ちゃ駄目よ」

便所から戻ってきて、まだ青白い顔をしている藍に、美代子がアドバイスした。

「局部だけ見ているの。今なら、腹だけ。全身、顔とか手足とか見ると、人間だってことを思い出すからね」

それを一度ボイルして、ミキサーですり潰し、少しずつゴミで捨てたり、トイレに流したりすることになっている。藍は煮たものをすり潰すのを担当した。

煮るだけだってどれだけ大変な作業だろうと覚悟していたが、臭い以外は意外にそうでもない。二人ともももちろんマスクはしていたが、臭いは容赦なく襲ってくる。

料理と違って食べるわけではないから、内臓を茹でこぼしたり、小さく切ったり、また柔らかくなるまで煮て味を付けたりする必要もないのだ。ただ、一回、ざっと火を通せば十分なのだ。

そう考えると、料理ってやっぱり、手間がかかることなんだよなあ、と藍は思った。ほとんどの男はそれを知らずに口に入れるだけだけど。

「アンデスのことなんて知らないよ」

美代子は大鍋の中身を、流しのザルの中にざあっと開けた。それは夏になれば、そうめんを洗う時に使うものだろうか。

台所道具と死体処理の道具ってなんて似通っているんだろう、と藍はまた感心する。考えてみれば、いつも食べているのは、動物の死骸か植物の死骸なわけだから、当たり前といえば当たり前のことだ。

料理と死体処理は親和性が高い。

「アンデスって、インカ文明とかインカ帝国のことだよ」

藍はさらに言葉を重ねたが、美代子の反応はない。もうもうと立ち込める湯気を浴びながら、鍋の最後の一欠片《かけら》を落とそうと振っている。

「あのあたり、めちゃくちゃ乾燥してるから、死体はそのままミイラになったんだって」

便利だよねえ、と藍はつぶやき、少し冷めた内臓をまな板の上で五センチほどの輪切りにし、どんどんミンサーに放り込んでいく。

腸はやっぱり、豚や牛、動物のそれによく似ていた。軽く湯気の立っているそれを切ると、時々、中からよくわからないぐじゃぐじゃしたものが出てきた。たぶん、体内に残された食べ物や何かのカスだろう。ほとんど食事をしていなかった、という老人でも、それらはあるのだ。生きていた証。あまり考えないようにしてミンサーに突っ込んだ。

「身体が朽ち果てなかったら、自然に一緒に生活するしかないもんねえ」

「そうなの」

思ったよりも楽なだけで、もちろん、そう簡単なわけではない。人間の腸は大量だし、臭いもすごい。こうして話しながら作業をするのは、意識を別のところに置くためだ。これが人間のものなのだ、と考えたら、すぐに吐き気が襲ってくる。

昨夜、腸をさばいた時、美代子が大腸に残っていた便をトイレでしごき出した。ものすごい臭いだった。けれど、美代子はケロリとしていた。こんなの、介護で下の世話をしていたら、なんでもないよ、むしろこっちの方が動かない分楽なくらい、と言って。

おかげで少しは臭いが軽減しているはずだ。

美代子にあそこまで頑張ってもらったのだもの、自分もできるだけのことはしなくちゃ、と藍の包丁にも力が入る。

「インカ帝国は脳手術の技術もあったらしいよ。だけど、文字がなかったからその詳細は残っていない」

インカ帝国の話をすると、少しだけ罪悪感から逃れられそうな気がしていた。ミイラと一緒に暮らしたインカ人。文化や風習が違えば、それは普通のことなのだ。

藍が名前もわからない老人の上に乗っかってしまってから、内臓をミンサーにかけるまで、まだ三日だった。いくら真冬だとしても、時間をかければやっぱり腐ってしまうからと、美代子は作業を急がせる。

「冬だって、買ってきた肉をその辺に放り出しといたら腐るでしょう」

しかし、それがむしろよかった気がした。それだけ時間がなく、考える暇もなく追い立てられて、なんとか乗り切れた気がする。

藍の母と祖母には、一昨日、藍が肉屋から牛のスジ肉をたくさんもらったので、美代子の家で処理をするから少し臭うかもしれない、と言ってあった。しかし、料理にたいして興味のない二人なので、ふうん、とうなずいただけだった。

藍はミンチにした内臓を袋詰めにして、馬場家の冷凍庫と冷蔵庫に入れていった。

作業が終わった頃を見計らって、藍はお礼の代わりに昼食を作った。

自分がついてしまった嘘のせいで、本当に金村肉店でスジ肉を買ってきて煮込み料理を作ることになったのだ。その話を聞いた美代子が、「じゃあ、藍ちゃんちにも持って帰らなきゃ、おかしく思われるよね」と言い出した。

スジ肉はこの作業を始める前に藍が処理した。台所でざっと茹でこぼして一口大に切り分けたものを、馬場家にあった、鍋物用の電気鍋を使って居間のコタツの上でコトコトと煮込んでいる。

普段なら、藍はそこに、コンニャクやら大根やら人参やらも入れて、味噌で味付けし、煮込み料理を作るのだったが、（そして、それは、前の夫の好物でもあったが）この作業のあとでは、肉の形や臭いがもろに残る煮込みはそれを食べる気がしないだろうと、カレーにすることにした。

作業中、三時間以上煮て柔らかくなったスジ肉とその煮汁に、玉ねぎ、人参、最後にジャガイモを入れて、カレールーで味をつける。カレーの味見をしていたら、キャンプ場やら祭りやら、作業して忙しい時の食事に人はカレーを作るよなあと、思った。図らずも今日のような時にぴったりの気がした。

皿に白飯とスジ肉のカレーを盛ったところで、美代子を呼んだ。

「藍ちゃん、ありがとう。いい匂い」

スジ肉に、美代子はなんの抵抗もないようだった。

カレーのスプーンを使いながら、藍はインカ帝国の話の続きをした。

昼なのに美代子は堂々とビールを飲んだ。とはいっても、飲むのは格安の第三のビールというやつだ。三時から仕事がある藍は断った。昼間酒を飲むのは、「代わりの老人」が見つかるまでの一時の贅沢、お楽しみらしい。介護をしている間は、絶対、昼間はお酒を飲まないそうだ。おかしなところに真面目だった。

「インカに文字がなかったから、ミイラと生活していたからって、文化がなかったわけじゃない。未開の土地だったわけじゃない。ヨーロッパ的、キリスト教的な価値観と違ったってだけ」

カレーにしたのは正解だったな、と藍は考えた。台所の臭いも消えるし、食べていても気にならない。

「昨日、頼んだもの、用意してくれた？」

美代子はそれには答えずに、話を変えた。購入して欲しいと言われたのは、乾燥剤、脱脂綿、ガーゼ、殺菌剤などだった。それも十キロ、二十キロという大量購入だ。

「うん。ネットで調べてみたよ」

藍は口ごもる。

「もう、注文した？」

「まだ、だけど……」

「すぐ必要だよ。明日か明後日にはシリカゲルを使い始めると思う」

美代子はカレーを食べる手を止めて、こちらをじっと見た。

「早く用意しないと大変だよ。前に一度、体の一部……指先とか足が腐ってきちゃって、ものすごい臭いがしたことがあるんだから。それは、今の臭いなんてもんじゃないんだよ」

「そうなんだ」

「どうしたの、藍ちゃん。どうして買ってくれないの」

「ごめん。ちょっと心配になっちゃって」

じわじわと話を詰めてくる美代子の様子は怖かったが、これだけは確認したかった。

「あれ、きっと段ボール箱十個以上になるよね。そんなにたくさん買い込んで大丈夫なのかな。おかしく思われない？」

「大丈夫。誰も、私たちのことなんて注目してない」

なんだ、そんなこと、と美代子はふっと表情を和らげて、カレーを食べ、ビールを飲んだ。

「私も最初はいろいろ気を遣ったのね。同じ住所じゃ怪しまれるかなって、局留めにして引き取ったり、知り合いに頼んで住所を貸してもらったり。だけど、ぜんぜん、必要なかった」

美代子はめずらしく自嘲気味に笑った。

「もう何回も同じことをしているのに怪しまれない。誰も私のことなんて、気にしてないんだよ」

ミイラ化とは結局、脱水処理なのである。脳や内臓など腐りやすい部分を取りのぞいて、代わりに詰め物をし、脱水する。身体に含まれる水分が五十パーセント以下になれば腐敗は止まる。だから、処理が終わったあとは、ただせっせとシリカゲルを取り替える作業をくり返せばいいらしかった。

藍はミイラについての本を読んで、ある程度の知識を得ている。けれど、美代子はこれまで携帯電話の小さな画面で探した微妙な情報と経験、台所用品だけでミイラ化の方法を編み出してきたのだ。藍は彼女に感心していた。

使い終わったシリカゲルや包帯や脱脂綿は、生ゴミに入れて少しずつ捨てれば大丈夫だと、彼女は請け合った。使い終えたシリカゲルは体液を吸って少し臭うけど、しっかり封をして、午前中に自転車で少し遠い街まで行き、できるだけ大量のゴミが集まる収集場所を選んで捨ててくるらしい。

「やってみれば意外に簡単なことなんだよね」

美代子が手酌でビールを注ぎながらつぶやいた。

「じゃあ、どうして皆やらないんだろう」

藍は思わず尋ねた。口にしたあとで、自分は何を言っているのか、と驚いた。皆がするわけないじゃないか、死体をミイラ化するなんて。

「……たぶん、こんな簡単なことだと思わないんじゃないかな？　それに、やっぱり、最初の一歩の勇気が出ないのかも」

美代子は生真面目に答えた。

「普通の人はそうかもね」

藍がそう言うと、美代子はこちらをちらりと見て、黙ってしまった。

「知ってる？　ミイラって昔は薬として飲まれていたって」

美代子が黙ったのは、自分が「普通の人」というワードを使ったからかもしれない、と思い、少し焦って藍は言った。

「え」

美代子は、まぶたを押し上げるようにしてゆっくりこちらを見た。

「ヨーロッパでもアジアでも粉にして飲んだらしい。日本でも江戸時代の大名たちには人気の薬だったんだって」

「いったい、なんの効用があるのかしら」

「不老不死だって」

「ああ、なるほど。じゃあ、おまじないみたいなものかな」

「死体なんだから、たぶん、タンパク質とカルシウムは大量に含んでいたわけだよね。プロテインを飲むようなものかも。中国じゃ、今でもサイの角《つの》が高価な漢方の薬じゃない。あれだって、タンパク質とカルシウムくらいでしょ。でも、老人がタンパク質を摂るのはある程度効果がなくはない」

「なるほどねえ」

美代子は素直に感心したようにうなずいた。

「エジプトでは、内臓は別に処理したんだって」

「エジプト?」

「エジプトでミイラを作る時。内臓は別に処理して、壺とかに入れて、ミイラの脇だとか、そのための特別な場所だとかに置いたんだって」

「そうなの。昔の人は面倒なことをいろいろ考えるねえ。ね、それよりもさ、藍ちゃん、このカレー、本当においしい」

「そう?」

美代子に褒められて、悪い気はしなかった。

「うん。スジ肉がよく煮込まれてるから繊維がバラバラになって、カレーにとけ込んで、まるでお店のカレーみたいだよ。私、こんなおいしいもの、久しぶりに食べた」

「本当に？　そんなすごいことじゃないよ」

恋愛中も、結婚中も、藍はせっせとご飯を作ったが、元夫は別に喜んでくれなかった。子供たちも、まだ幼かったし、それが当たり前のように口にしていた。愛人に料理を作るような機会はない。

こんなに料理を褒められたのは初めてかもしれない、と藍は思う。

女は女に料理を作るのが一番いいのかもしれない。その本当の価値がわかるのは、同じことをしている人間だけなのだから。


「この人、あんたと同い年だってね」

母親の孝子がテレビを観ながらつぶやく。

そこには、十代の頃、奇跡の美少女としてデビューし、二十代から三十歳を超えてもずっと清純派女優として君臨してきた女優の笑顔がアップになって映っていた。

ついに、少し年上の俳優と結婚するらしい。主婦になったら思い切りよく芸能界は引退してしまうそうだ。

「どういう意味？」

まったく同い年なのに、結婚し離婚し、子供を奪われて実家に戻ってきている自分。

同い年とは思えないほど老けてしまったし、この頃は下腹の肉も目立つ。

三十三と一口に言っても、こんなに差が出るのだろうか。人生の節目をほとんど経験してしまった女と、これからの女。

清純派としてなんの汚《けが》れもなく、美しくほっそりとしたまま、真っ白な輝く未来を歩もうとしている女優を指さす母に、悪意がないわけがない。

「どういう意味ってどういう意味？」

「どうせ、それに比べてあんたはって言いたいんでしょ」

「違うよ。ただ、同い年だなって思っただけだよ」

母が驚いたようにこちらを振り向いた。

その顔を見て、彼女がなんの邪気もなく言った言葉だと知る。けれど、もう止まらない。

「無意識に言ってるなら、よけい嫌らしいよ」

ああ、怖い怖い。欲求不満の女は怖い、母はつぶやきながら立ち上がって部屋を出た。どこに行くのかと思っていたら、便所だった。

「トイレの紙ないよー」

水音のあと、大きな声が聞こえてきた。藍は両手で耳をふさいだ。トイレットペーパーはここに住むようになってからずっと藍が買ってきていた。母も祖母もそれが当然のように振る舞っている。

ペーパーだけではない。米も味噌もシャンプーも、藍がパートの帰りに購入して買い置きしてきた。

誰が決めたわけでもないのに、それが当たり前になり、なくなったら文句まで言われるようになった。

「あいー！　かみー！」

藍は仕方なく立ち上がって、部屋の端にあったティッシュボックスをつかんで、トイレに行った。ドアをほんの少し開けてそれを投げ込む。

「これじゃ、詰まるでしょー！」

「知らねえよ！　ないんだから。たまにはあんたたちも買ってきてよ」

母はもごもごと何か言っていたが、無視してこたつに戻った。

こたつ板に頭をべったりと載せる。

わかっていた。

最近の自分が心ここにあらず……文字通り、この実家に気持ちがなくなっているのを、藍自身が一番よく知っていた。

美代子の祖父……とされていた男が死んでから、そのミイラ化の作業で精一杯だった。

脳を取り出したあと、内臓を切り分けたり、シリカゲルで包んだりするのはもっぱら美代子がやってくれたが、それでも、ほとんど家に居着かなかった。時にはパートも休んで、隣の家にこもりきりだった。

気がつくと、実家の家事も食事もおざなりになっていた。

以前なら、朝は七時には起きて、母たちの様子を確認し、起きている人がいれば自分と一緒の朝食を作った。パンと卵、インスタントコーヒーくらいなものだが、食べながらＮＨＫの番組を観る時間は一日で一番のんびりしたひと時だった。

それが今では、朝、腹が空いていれば食パンを焼いて一人でもそもそと食べるだけ。たとえ、目の前に他の人間がいても声すらかけない。昼も同様だ。夜はパートで持ち帰った総菜をテーブルの上に置いておく。食べたい者がいれば勝手に食べるし、必要なければいつまでもそのままだ。藍も腹が空いていれば、コロッケを一つつかみだし立ったまま食べる。

食欲も気力もほとんどない。

掃除や洗濯も自然おざなりとなり、実家は荒れ果てている。一度は片づいたはずの荷物が廊下や居間に散らばり、足の踏み場もない。

しかし、食事にしろ、家にしろ、母たちは「もともとこんなものだ」と思っているのか、何も言わない。

それがまた、藍の自堕落に拍車をかける。

自分はいったいなんだったのか。

ここに来て、多少は感謝され、受け入れられていると思っていた。しかし、彼女らは藍をいいように便利に使っていただけで、それ以上の気持ちはなかったようだ。

いや、便利に使っていたならまだいい。彼女たちにはその意識さえなかったような気がする。藍がいて一緒に朝食を食べられて「嬉しい」だとか、「おいしい」だとか、そういうわずかな変化さえまったく感じていなかった。彼女たちにはちゃんとした生活に感謝する、いや、前がちゃんとした生活だったのだ、と認識する能力さえ欠けているのだろうか。

元夫の親……義父母の家はいつも、冷たさを感じるくらいきちんと片づけられていた。元夫も家事に厳しかった。当然のように一日三食食べ、毎日洗濯する生活を望んだ。子供が幼く、忙しい時はそれがおっくうでつらかった。時々、抜き打ち検査のように連絡なしにやってくる義父母がうっとうしかった。けれど、今、あの痼性なくらい片づけられたあの家、夫の実家が懐かしくさえある。

もう少し、母たちが怒ってくれたら、叱ってくれたら……もしかしたら、自分はもう少し頑張れたかもしれない。

怒るのは便所紙がなくなった時だけ。トイレットペーパー以下の自分。

「いい加減にしてよ」

母がトイレから出てきたのを見計らって、顔も上げずに言った。

「私ばっかり、日用品や食品を買ってくるの、嫌になった。あんたたちも買ってきてよ。ちゃんとしてくれなくちゃ、当番制にする」

自分の口から出た「当番制」という言葉に、どこか驚いていた。

「当番制」。子供じゃあるまいし、小学校じゃあるまいし、そんなことを決めたら、自分が一番きつくなるのに。

しかし、自分はそのどこかに救いを求めたいのだ。「当番制」。それが決まって、当番があれば、自分はもう一度、戻れるのではないか。規則正しい、当番のある生活に。

でもやっぱり、母は鼻で笑った。

「当番？　馬鹿か、お前は」

「じゃあ、あんたが買ってきてよ」

「金が欲しいならそう言えよ。藍が買ってきたらお金払うから」

ふっと思いつくことがあった。

「カレー、食べる？」

「は？」

話が急に変わったので、めずらしく、孝子が驚く。それがまた少し小気味よかった。

「みよちゃんちで処理したスジ肉をカレーにしたの。たくさんできたから。こっちにも持ってきた。食べる？　食べるなら、すぐできるけど」

内臓処理が終わったあとも、美代子は度々、スジ肉入りカレーを所望した。なんだかやたらと気に入ったらしい。

「じゃあ……もらうわ」

藍は立ち上がり、台所に行って、炊飯器から保温したご飯を皿に盛った。そこにカレーをたっぷりかける。美代子の家で食べるために買った、福神漬けとラッキョウも小皿に入れて並べた。

「お祖母ちゃんも食べる？」

祖母にも声をかけた。

「もらおうか」

そう言いながら、祖母も入ってきた。

台所のテーブルに皿を並べた。

「あんたはいいの？」

「私は、みよちゃんちで食べてきた」

藍は母と祖母を向かい合って座らせ、自分はその間に座った。

「どうぞ」

母も祖母も素直にスプーンを取って、食べ始めた。

「おいしいね」

最初に口を利いたのは、祖母だった。

「そう？」

「まあまあ」

母も小さくうなずく。

「たくさん食べてよ、まだあるから」

二人は言葉少なにカレーのスプーンを動かす。そんな二人を交互に見ながら、藍は自然、微笑んだ。

この肉が、スジじゃなくて、内臓だったら、と考えていた。

あの老人の内臓を煮込んで、この二人が食べていたら、と想像すると、むかついていた胸がすうっと凪《な》いでいくのがわかった。

藍をお互いに押しつけてちゃんと育ててくれなかった二人。大学の学費を出してくれないから、ずっと義父母に馬鹿にされていたのも二人のせいだった。子供も取り上げられた。そして、今、美代子の家であんなことをさせられている、その遠因も二人にあるような気がした。

このくらいのことを想像して、どこが悪いのだろうか。

先に食べ終わったのは母だった。

「もっと食べる?」

「うん。じゃあ、もう少し」

普段、少食の孝子にはめずらしい。口で言う以上に好んでいるのかもしれない。

カレーを盛りながら、藍は楽しくてたまらない。

いっそのこと本物の内臓を、こいつらが食べる分に少しだけでも入れてやればよかった。

そう考えながら、母に皿を渡した。

「とにかく目よ」

まっすぐ前を見て、車を運転している藍に美代子は言った。

「目?」

「最初に声をかけて、ぴしっと目が合う爺ちゃん。挨拶して目をそらさない爺さん、そういうのがいいの。そういうのなら、あとあと問題起こさない。ボケてても視線が合うのがいい」

「マジで」

思わず、藍は言った。母の言葉遣いがうつったようだ。

「本当だって。そういう人は逃げたがってるの。今の場所から。だから、黙っていてもついてくる。家に連れて行っても逃げ出さない」

今から自分たちは老人を誘拐しに行く。あれからずっと自分は夢の中にいるようだ、と藍は思う。まるで夢のようだ。いつまでも覚めない、飛び起きるほど怖くもない、ぬるい悪夢。

老人を誘拐して身代金でも要求する方がまだいいんじゃないか、とふっと考えた。美代子はその相手と一緒に暮らそう、というのだ。彼らが死ぬまで。その方がえぐい。

「ついてきたはいいとして、外に出てるってことはそれなりに元気なお爺ってことでしょ。歩き回ったり、声を出したらどうするの？　周りに……家の人とかに見つからない？」

「老人なんて、たくさん食べさせて、しばらく寝かせておけば、すぐに寝たきりになるのよ」

美代子が学校の先生のように律儀《りちぎ》に答えた。

「藍ちゃん、なんにも知らないんだね」

「そりゃ、誘拐は初めてなんで」

「そういうことじゃなくて、介護とか、老人とかのこと。ＮＨＫとかの健康番組でやってることの反対をさせていればすぐに寝込む。何より、歩かせないのが一番」

はっとした。そういえば、祖母のヤスが、美代子の祖父が時々庭を歩いているのを見たって言ってたっけ。それは美代子が連れてきたお爺がまだ元気な時だったのではないか。

しかし、それを尋ねるのもどこか億劫だった。

やっぱり、自分はまだ怖れているのだろうか。いろいろなことを。

「ねえ、そう言えば、教えてくれるって言ってたよね」

「何を？」

「方法。私が仕事しなくてもよくなる方法」

「ああ」

「教えてよ」

「あれはまた……ミイラ作りが終わって、代わりの老人が見つかったら」

美代子は口ごもる。その件になると口が重い。それを知ってしまったら、藍が逃げるとでも思っているのだろうか。切り札だとか。

もうそれは藍にはどうでもよくて、ただ、会話の接《つ》ぎ穂に尋ねただけなのに。

二時間ほどで、車は房総の海辺の街に着いた。海岸線の道を走る。

「ここ、昼間なら花畑が見えるよ。前に家族で来たことがある」

藍は海沿いの畑を横目で見ながら言った。

「もう、花咲いてるの？」

「暗いからわからないけど、そろそろ咲くはず」

「あれ、人がいる。あの人、年寄りじゃないかな」

その美代子の声でどきり、とした。

ついにやるのか。自分はついに人をさらうのか。いや、美代子は人と言っただけだ。まだ老人とは限らない。

「止めて」

彼女は断固、という口調で言った。

そこは、海岸沿いに広い畑がある場所だった。たくさんの農家が集まっているらしく、区画ごとに一坪ほどの小屋がついている。道を挟んで向かい側には、ちょっとしたみやげ店が並んでおり、駐車場もあった。今はどの店も固くシャッターが降りて、ほとんど真っ暗だ。

みやげ店の駐車場の一角に車を止めた。

「本当に降りるの？」

「ちょっと確認するだけ。どんな人か」

美代子はほとんど優しいと言ってもいい口調で言った。

「藍ちゃんは嫌なら車にいればいい」

「私も行くよ」

怖かった。けれど、美代子が何をするのか、本気なのか、見極めたかった。

二人で車を降りた。房総といっても、まだ二月の初めだ。夜の風は冷たい。けれど、東京に比べれば少し風が柔らかい気がした。緊張しているのだろう。頭の中で、東京とこちらのどちらが暖かいのか、それればかり考えて結論を出そうとしていた。

道を渡って畑のそばまで歩いた。道路を横切る時、美代子は右と左を見たが、通る車なんてない。もう十一時近くになっていた。

道路から畑を見下ろす。果たして、美代子が指さす先に、確かに老人はいた。畑にかがみ込んで、何か作業をしているようだった。暗くてはっきりはわからないが、かぶっている帽子の感じと、体型の雰囲気から、老女でなくて男のような気がした。老女は身体の真ん中が丸くなる太り方をする。お爺さんはほっそりしていることが多い。

「男かな」

藍は自分の声が震えているのがわかった。寒さのせいばかりではないはずだ。

「たぶん」

美代子が藍の手を握った。温かかった。

「藍ちゃんはここにいてもいいんだよ。私は慣れてるんだから」

美代子の優しさが手のひらから伝わってきた。

――おかしいよね、女なのは、私たちが悪いんじゃないよ。

はっとした。

もしかして、あの時……熱いアスファルトの上で藍が涙を流した日、あそこから手を取って助け出してくれたのは美代子だったのではないか。

記憶の中のあの女は藍を「あいちゃん」と呼んだ。それは母ではなかったのではないか。

——女なのは、私たちが悪いんじゃないよ。

幼い頃の美代子の声が頭の中に響いた。

「いいよ、大丈夫。私も行く」

「じゃあ、一緒にやろうか」

美代子は先立って、道路から畑に降りる階段を行った。藍もそれに続く。黒い影はその間も、何かもこもこと動いていた。

「すみません、すみません」

彼の隣の畑のあたりまで来た時、美代子が声をかけた。

「すみません、ここの方ですか」

影はゆっくりと動いてこちらに向き直った。その頃にははっきりわかっていた。それは男だった。

「はあ。どうしたの、こんな時間に」

彼はのんびりとした口調で尋ねた。

「私たち、ドライブしてたんですけど、上からお爺さんが見えて」

と、美代子は藍を一瞬振り返った。

「花はまだ咲いてませんか」

「少しは咲いてるんだけど、今年は少ないよ」

老人はすぐに話に乗ってきた。こんな時間に藍たちがいることにあまり疑問を持っていないようだった。

「ああ、今年は寒いから」

「それもあるけど、去年の十月くらいからずっと台風だったでしょ。それで、やられてしまって」

「へえええ」

さあ、この老人はいけるんだろうか、それとも。

目は合っている気がする。しかし、暗いし、よくわからない。

「東京の人かい?」

「はい。東京もまだ寒いですよ」

彼はまた、目の前の畑に目を落としている。そろそろ作業に戻りたいのかもしれない。

「こんな時間に仕事するんですか」

「もう、あまり寝られなくなってしまって。この歳になるとなあ」

「ご家族とか、心配しませんか」

藍は胸がどきんと鳴る。美代子はさりげなく家族構成を聞いているのだ。きっと彼が連れ出せる老人かどうか確かめるつもりだろう。

「一人だもの。一昨年《おととし》、婆さんが逝《い》ってからずっと」

もう、藍の胸は痛いくらいにどくどくと高鳴っていた。

美代子はそれからも、しばらく話をし、彼が八十四歳で、同い年の伴侶が一昨年心臓病で亡くなったこと、子供たちは長男が東京で会社員をしていて家庭持ち、長女が近所に住んでいて、出荷の時は軽トラで手伝ってくれる、というような情報を聞き出した。

「菜の花でも持って行くかね」

よく見ると、彼の手元の畝《うね》はまだ開いていない菜の花を栽培しているのだった。

「菜の花？」

彼は手早く、まだ開いていない、青い菜の花の穂先を摘み取った。

「これ、お浸しにでもして」

小屋の中からビニール袋を出してきて、渡してくれた。

「昼間おいで。来週には花摘みもできるようになるから」

美代子はおとなしく、ビニール袋を受け取ると礼を言って、車に戻った。

「どうだった？」

身体も車の中も冷え切っていた。藍は暖房を強くしながら、せき込むように尋ねた。

「むずかしいね」

「じゃあ、今日は」

「あれは無理。帰ろう」

藍はほっとして駐車場をUターンし、東京方面に車を向けた。この先に行く気力はなくなっていた。

「一人暮らしだって言ってたけど？」

身体が少しずつ温まってくる。人心地がついてくると、自分の心の中にごくごくわずかだが、「がっかり」の気持ちがあることに気がついていた。あれほど、犯罪に手を染めることを怖れていたのに。

こうして美代子に付いて老人を探していても、本当に自分にそれができるかと言えば、どこか半信半疑だった。さすがに実際、老人を前にして、それを車に連れ込み、家まで送って行けるのか。いざとなったら、自分にはできない気がしていた。

それが今、がっかりしているなんて。

名無し老人が死んでから三週間。美代子と探し始めて、もう二週間になる。少し疲れているのかもしれない。

「うん。条件はいいんだよ。一人暮らしだから、家族が気づくまで少しは時間が稼げるだろうし。まあ、娘が近くに住んでるからすぐにわかるけど。だけど、何より本人がしっかりしすぎ」

「じゃあ、畑に出てる人とかは最初から無理かもしれない」

「まあね。足腰もしっかりしてるし。足腰がしっかりしてるお爺さんは頭もはっきりしてることが多いんだよ。家族がどうとか以上に」

「ねえ、考えてたんだけど」

藍はこれまで密かに考えながら、言葉にしていなかったことを言った。ずっと考えていたけど、怖くて口にできなかったのだ。

「老人のケアセンターとかあるじゃん。あの近くで張ってて、ボケた人とかが家に帰るまで付いて行って、家を突き止めたらいいんじゃない。それで、その人が一人で出てくるまで待ってるの」

それを口にしたとたん、何か自分の中に確固とした覚悟ができた気がした。藍は誘拐するのだ、いつか、老人を。やってのけるのだ。

「まあね。そこまですると時間がかかるけど、確実だよね」

「前はどうやって探したの？」

「電車で相模原の方まで行って、公園で張ってて、声かけた」

「それで、どうやって家に連れて帰ったの」

「普通に。二人で電車に乗って連れてきた」

気がつくと、東京に着くまで二時間以上、話し詰めだった。これまでで一番熱心に作戦を立てたかもしれない。

ああだこうだ、といつまで話してもつきなかった。

具体的に、本物の老人を前にして、藍もどこかタガがはずれたのかもしれない。

東京の高層ビル群の光が見えてきた頃、藍は改めて尋ねた。

「ねえ、昔、私が三歳くらいの時、あの袋小路で私、いじめられたことあるよね」

男の子や、その母親に「女だから」と言われた時のことだ。藍は覚えている限りのことを詳しく説明した。

「あの時、助けてくれたの、みよちゃんだよね」

「……うーん、覚えてないなあ」

美代子は眠そうな声で言った。本当に記憶がないようだった。それでも藍は話を続けた。

「なんであの時、あのおばさん、あんなこと、言ったんだろう。あの人だって女なのに」

「ああ、それはね」

藍が自分の疑問を口にすると、美代子は急に目が覚めたようで、こともなげに答えてくれた。

「藍ちゃんのお母さんとあの家のお父さんが付き合ってたからだよ」

「え」

「知らなかったの?」

むしろ驚いたように、美代子が言う。

「うん」

「あの頃、あそこに住んでた男の人は、皆、藍ちゃんのお母さんと付き合ってたんだよ」

「皆!?」

「そう。皆。うちのお父さんも。それでお母さんが出て行った」

美代子は嬉しそうと言ってもいいほど弾んだ声だった。

「嘘だあ」

「本当だよ、こんなことで嘘なんてついても仕方ない」

藍は、美代子の父の四六を思い浮かべる。休日には無頓着に白いシャツとステテコで家の前を歩いてしまうような、くたびれたおじさんだった。とても母と並んだ姿なんて想像できない。

しかし、それを口にすることはさすがにできなかった。あんたのくたびれた父親とうちの母親が付き合うわけないなんて。

「ほら、袋小路の入り口のところに家があった河野さんも」

子供のいない、夫婦だけの家の名前を挙げた。

「河野さん、藍ちゃんのお母さんと付き合ったのがばれて、奥さんと離婚したんだよ。それで、あそこを出て行った」

「そうだったの？」

「それも知らなかったの？　まあ、藍ちゃんが大学生でいない頃だったから仕方ないよね」

「河野さん、子供いなかったけど、だからこそっていうか、夫婦仲よかったじゃん」

「そうだよ。だから、最後の砦っていうか、藍ちゃんのお母さんに最後まで取り込まれないで頑張ってたんだけど、駄目だった」

「ふーん」

「藍ちゃん、本当に知らなかったんだ」

信じられなかった。けれど、全部嘘とも思えなかった。

美代子は今でも孝子を恨んでいるのだろうか。

「大丈夫。慌てなくても、いつかは見つかるよ」

美代子は自宅の前で車から降りる前に、そう言って肩を叩いた。途中から黙ってしまった藍を気にしてくれているようだった。

「前の人、見つけるまでにどのくらいかかった？」

美代子の勘違いを訂正する気もなく、藍は尋ねた。

「やっぱり、数ヶ月かな」

「そう」

では、まだ見つからないのは普通なのか。

「どうしても見つからなかったらどうしよう」

「大丈夫。最初の人なんか、探そうとしたわけでもなかったよ。たまたま、お祖父ちゃんが死んでどうしようかって途方に暮れてた時、ばったり出会ったの」

「どこで？」

「近所の道ばたで。徘徊《はいかい》しているのを保護したの、私が。そういうこともあるから大丈夫」

「それならいいけど」

「神の啓示だと思ったね。神様がこの人を助けろと言ってるんだって」

藍は思わず、美代子の目を見た。彼女はきらきらした目でこちらを見返した。まったく揺るぎのない、自信を持った目だった。

「わかった」

「じゃあね、お休みなさい」

美代子が降りたあとも藍はしばらくそこにいた。車内の電気をつけず、じっとそこにとどまっていた。しばらくそうしていなければ、とても実家に入って、母や祖母と話せるような気がしなかった。もう、とっくに一時を過ぎていたので、彼女たちは寝ているに違いなかった。それでも、藍はそこにいるしかなかった。


「ねえ、死体遺棄って何年牢屋に入るのかな」

次の休日は車を使うから返して、と高柳に言われて、そのついでにホテルで寝ている。また、天井に星座の模様がある部屋だ。

今度は、大熊座と小熊座かな、とぼんやり見つめながら尋ねた。

「死体遺棄？」

「ほら、よくテレビのニュースで言うでしょ。死体遺棄の容疑で逮捕って」

「ああ、あれは一種の別件逮捕なんだろうなあ」

「え？」

今日、高柳は慌ててシャワーを浴びたりなんかせず、藍の隣に同じようにぼんやり寝転がっている。

結局、二人の関係はなんとなくだらだらと続いていた。車のためだとか、なんとか理由をつけて。

「殺人で立件する前のさ、まだ容疑が固まってない時に、取り調べのため、死体遺棄で警察に留め置くのさ」

「なるほど」

何気なく口にした話題だったのに、高柳がちゃんと答えてくれて、驚いた。藍は思わず、仰向けから腹這《はらば》いになって高柳の方ににじり寄った。

「なんでそんなこと知ってるの？」

「いや、ミステリー小説とかに書いてあるだろう？」

ああ、彼は時々本を読む人だったと思い出した。会社の行き帰りだとかに、ビジネス書を始めとした本を読んでいた。小説は話題になったものや大きな賞を取ったものばかりだった。会社の上司や取引き先と話す時に必要なのだと言っていた。

「そういうことか」

「いや、そういえば、昔、観た映画で……子供の頃、テレビで放送してたやつだけど、死体遺棄単体の罪が出てくるのを観たことがあるような気がする。確か温泉町に旅行に来た商工会かなんかの一行が全員行方不明になるんだ」

「へえ」

「それで、いろいろ調べたら、そこで出したキノコ料理に中《あた》って一行全員が死んじゃって、でも、温泉町の人たちは悪い評判が立つといけないからって裏山に捨てちゃったって話」

「それで？　死体遺棄は？」

「街の長老たちが話し合って、殺人を犯したわけじゃない、死体遺棄だけなんだから自首しようかってことにもなるんだけど、その時、死体遺棄だけだと五十万以下の罰金、これなら払えるんじゃないか、みたいな話をしていたような気がする」

高柳はスマートフォンを取り上げた。

「そんなこと言ってないで、調べればいいじゃないか」

「え」

彼はすぐに「死体遺棄、死体遺棄」と言いながら、文字を打ち始めた。

「やめて」

藍は彼のスマホを、画面を隠すように握りしめた。

それは自分でも何度も考えた。調べればわかるのは藍だって知っている。だけど、一度調べてしまったら、何か、それが罪であることを認めてしまったような、自分でそれを現実にしてしまうような気がして怖い。

いまだに、藍にとってあれは現実でないのだ。

「そう言えば」

高柳は無邪気に話を続ける。

「その映画の中で、じゃあ自首しようってことになった時、やっぱりできない、罪はたいしたことなくても自分たちには社会的地位がある、孫も曾孫《ひまご》もいる、立場がなくなる、みたいなことを言ってできないんだよね」

社会的制裁……そうなのだ、藍だってそれがたいしたことない罪なのはなんとなくわかっていて、それでも、それが怖いから言い出せないところがあるのだ。死体を隠してミイラにした女なんて、もう誰が抱いてくれるだろう。

黙ってしまった藍の胸に、高柳は手を差し入れて、乳首のあたりをまさぐってきた。

子供たちとも会えなくなるのだ、という考えがふっと頭をよぎる。藍は声を出さずに笑ってしまった。男のことの次に子供のことを考えた自分があさましくもあった。いや、それほど男は大切ではないのだ、でも、さらにそのあとなのだ、子供は。

まあ、今の状態でも子供とは会えはしないのだから、愛情を持てないのは仕方ないのかもしれない。週に一度は元夫にメールかLINEをして、子供の様子を尋ねている。時々は短い返事も来た。けれど、なんのかのと理由をつけて会わせてはくれない。

メールをしているといっても、藍にはそれが自分の言い訳、アリバイ作りだと知っている。最低限のことはしている、だけど、無視しているのは元夫だと、彼のせいにもできる。

もしかしたら、不倫離婚した、自分のような女を「恋多き女」だとか「情に厚い女」だとかいう人もいるかもしれない。でも、藍は逆だと思う。薄情で、誰のことも強く愛せず、子供のことさえ、会っていなかったら忘れている時だってある。そういう人間だからこそ、その時々で他人に身を任せられる。

たぶん、高柳から別れを切り出されても、自分はへっちゃらに違いない。車を借りられなくなるのと、ホテルで新しいシーツを触れなくなるのだけは残念だが。

「俺、シャワーに入るよ」

乗ってこない藍に諦めて、彼はバスルームに入っていった。

ベッドの窪みにスマートフォンが残っている。まるで彼の分身だ。そっと手に取る。激しい水音が響く方をちらりと見た。

藍が「死体遺棄」を調べられなかったのは、その形跡を自分のスマホに残したくなかったからでもある。もしも、警察に調べられた時、そんなのが見つかるのが怖かった。

高柳のパスワードはわかっていた。自分の誕生日と元号の生まれ年を簡単に組み合わせたものだ。彼がスマホを使う時に横目で見て覚えた。

そっと、「死体遺棄、死体損壊」を調べてみる。

死体遺棄は「懲役三年以下」、死体損壊は……こちらも同じで「懲役三年以下」。高柳の言った、罰金刑でさえない。彼の思い違いか、映画の中の創作だったのだろう、または法律が変わったのか。

懲役三年以下ということは、懲役がまったくつかない可能性もあるということだろうか。さらに三年以下なら執行猶予がついて刑務所に行かなくてもいいのかもしれない。

藍は、ついでに高柳のＬＩＮＥの中身も調べる。妻や知らない名前の中に、知っている名前があった。

遠藤美穂《えんどうみほ》。

彼の会社の部下だった。まだ、二十代の半ばである。開いてみると、まだ関係を持ったりするまではないが、いちゃいちゃした会話が続いていた。藍はその画面を自分のスマホのカメラで撮れるだけ撮った。

その会話への失望も何もなく、ただ、「これはいつか使えるかもしれない」という喜びだけがあった。

5

二月の半ば頃になると、ミイラもほぼ完成をみた。

この冬はとにかく寒かった。都心でも何度か雪が降り、氷点下の日まであった。ミイラにはそれが好都合で、特に大きな問題もなく完成した。

ただ、まだ、美代子が介護するための、代わりの老人は見つかっていない。

「あー、そろそろ警察に保釈金を取りに行かないと」

藍は風呂場で美代子とともに、ほとんど最後となるはずのシリカゲルの交換を行いながら、つい、そうつぶやいてしまった。ざらざらとシリカゲルをかき回すと、ミイラの手首のあたりが見えた。水分がなくなって細い細い手首。肌は茶色く、でもどこか透明感を帯びている。つまり、かちかちのスルメイカにちょっと似ている。

「え、まだ行ってなかったの?」

介護用の浴槽はちょうどいいミイラ作りの場所になった。内臓や脳を取りのぞいてからは、老人の体をそこに沈め、シリカゲルを敷き詰めた。漏れる体液はごくわずかだったが、排水溝からうまく流れ出た。

美代子はその間、近所の銭湯に行っているらしい。しかし、この作業が終わったあと、彼女が何事もなかったようにここを使うのかはわからない。今までもそうしてきたようだから、たぶん、たいして気にもせずにここに湯をはるのだろう。

「うん。普通は銀行振り込みらしいんだけど、たまたま離婚したばかりで名義変更もしていないし、カードも持ってなくて、現金で手渡しになっちゃった。保釈金が戻ってくるって連絡があったのが、一月の半ばでさ、そのあと、これが起こったでしょ」

これ、と言うだけで、当然、二人には通じる。

「なんか、いろんなことが面倒になっちゃって、行ってなかったんだよね」

母と祖母に払った五万と十万は、手持ちの金でなんとかしのいでしまった。

「保釈金って、百万だっけ」

「そう」

「それ、戻ってきたら、どうするつもり？」

新しいシリカゲルはざあっという音を上げて浴槽に落ちていった。美代子の言葉を聞いて、藍は嫌な予感がした。

「どうするって……まあ、いろいろ人に借りたお金とかだから返して……私の元にはいくらも残らないよ」

本当は男たちを脅して取った金と自分の貯金を合わせたものだから、祖母と母に十万と五万やっても、まるまる藍の手元に残る。けれど大金を持っているとなったら、おかしな無心をされるかもしれない、という怖れがあった。自然、声が小さくなる。

実際、ちらりと上目遣いで見上げると、美代子の瞳には説明のつかない光が灯っていた。

藍は美代子をそう疑っているわけではない。けれど、信用もしていない。いや、本当は信用したい。彼女にがっかりしたくない。お金貸して、なんて言われるのは何より嫌だった。そういうお金は貸したらもう戻ってこない。少なくとも、藍の育った世界ではそうだ。一時期結婚していた、夫の周りではそうではなかった。だから、少し気がゆるんでいたけど、こっちに戻っていろいろあって、母や祖母と一緒に住んで、この感覚を取り戻しつつあった。祖母や母に、ちょっと貸してよ、と言われて千円貸したらもう二度と戻ってこないのだ。美代子のことが好きだからこそ、そんな失望はしたくない。

「でも、いくらかは残るでしょ？　どうするの、それ？　手元に置くの」

「……そんなに残らないから……」

声はますます小さくなる。

「貯金するの？　藍ちゃんの銀行、どこ？　そこには他にお金あるの？」

藍は困惑と同時に悲しくなって、ついに黙ってしまった。

これまで、老人のミイラ作りにかかる金は藍が出してきた。前の人を事故とはいえ、死に追いやってしまったのだから、仕方ないと思っていた。美代子に請求したこともない。さらに彼女がミイラ作りの作業……一番きつい、内臓の処理などをしてくれたから、そのくらいの出費は惜しくもなかった。

けれど、ここで彼女にお金をせびられるのは悲しい。

いったい、美代子にどのくらいの収入があるのか、今一つわからないのだった。藍の実家と一緒で、美代子の家もまた借家であることはわかっていた。二人の子供時代はそれなりだった家も、今はもう老朽化している。しかも、東京のかなり郊外、駅から十五分以上かかる場所だ。たいした金額ではないに違いない。お互いにそのくらいのことはわかっていた。

前に年金で生活していると言っていたから、入ってくるのはそういうお金だけなのだろう。どのくらいかはわからないが、美代子は案外金にはのんびりしていてケチくさくなく、そこが好きなところでもあったのに。

「そのお金、現金で持っているならいいけど、貯金するのはやめた方がいいかもしれない」

「え」

自分が思っていたのと、ほんの少し違うことを言われて、藍はやっとちゃんと顔を上げて彼女を見た。

「お金。大金なら、銀行に戻すのはちょっと待って」

「どういうこと？　何を言ってるの？」

「藍ちゃんに前に言ったじゃん。他にお金をもらえる方法があるって。それをするなら、どういう方法を取るにしろ、とにかく、今、お金があるのは隠した方がいいから」

「あ、ああ、そのこと」

ほっとした。美代子は藍に、金を借りたりせびったりしようと思っていたわけではないようだった。

「保釈金以外の、今ある貯金はどのくらいなの？」

「保釈金以外のお金？　ほとんどないよ、保釈金やら生活費やら引っ越しやら、今回のことで使ってしまったから。十万もないんじゃないかな」

「よしよし」

美代子は満面の笑みを浮かべる。

「とにかく見えるところだけでも、金がなければないほどいいんだから」

どういう意味なのだろう。なんだか、怖い感じがした。藍の戸惑いにかまわず、美代子は続けた。

「藍ちゃん、他に銀行口座、持ってない？　できたら、地方の、このあたりに支店を持ってないのがいいんだけど」

「びっくりだけど、持ってるよ。みよちゃんに言われるまで忘れてた。結婚当初、夫の転勤で一時、札幌に住んでたの。北洋金庫に口座がある。いくらも入ってないけど」

「いいね。なかったら地方銀行に新しく作るとか、一時的にでも私の口座に入れるとかしなければならないから」

美代子は藍を目の端でちらりと見た。

「藍ちゃんはそこまで私を信用してないだろうけど」

図星を突かれて、そんなことないよ、と言う声が少し遅れた。

「いいって。誰だってそうだから。お金は人を変えるんだから」

一瞬、気まずい空気が流れたが、美代子はすぐに話し出した。

「その口座に入金しよう。ここに支店がないかよく確かめてからね」

隙あらば藍から何もかも取り上げようとする親や元夫と、みよちゃんはやっぱり違う、と嬉しくなる。

あの実家を、なんの躊躇《ちゅうちょ》もなく一緒に片づけてくれた人を疑うなんて。

また信頼が深まった気がした。

「それから、どうするの？」

藍が尋ねると、美代子は言った。

「ミイラのことも一段落したし、そろそろ考えなくちゃね」

「何を？」

「藍ちゃんたちが生活保護を受ける方法」

あ、と思わず漏れた声を抑えられなかった。みよちゃんが言った、お金をもらう方法って、生活保護なのか……。

「でも、そんなことできるの？」

「大丈夫、私、結構、そのことはよくわかってるんだ」

美代子は自信に満ちた顔で笑った。

若い頃、美代子は一時期、生活保護をもらっていたことがあるらしい。

「まだお祖母ちゃんが生きてた頃ね。お祖父ちゃんはすでに介護生活に入っててさ、お祖母ちゃんと二人で面倒見てたんだ」

美代子はそれを懐かしむように、うっすら笑みを浮かべた。

「二人の年金だけじゃお祖父ちゃんの入院費とか払えなくてね、私が外で働いてた。ほら、駅前のヒロマサさんの」

美代子は駅前に昔あった個人スーパーの名前を出した。今はつぶれて、駐車場になっている。

「レジをやってたの。小さいところだから、商品管理とかも少し」

「みよちゃん、働いてたことあるんだ」

祖母に聞いたことがあったかもしれないが、その場所とか、詳しい話を美代子の口から語られるのは初めてだった。

「こんな私でもねえ」

「そんなことないよ、みよちゃん、しっかりしてるじゃん」

美代子は世間知らずだが、無能ではない。それは最近一緒にいるとよくわかる。

「それでなんとかやってたんだけど、私、なんか、うつになっちゃって」

「うつ病？」

「そう。体がだるくて家からどころか、布団から出られなくなっちゃって」

「なんかあったの？」

「まあ、介護の疲れとか、スーパーの人間関係とか、理由をつければいろいろあるんだろうけど、うつってそういうものでもないでしょ。なんか気がついたらおかしくなってた」

「そうなの。大変だったんだね」

「私が稼いでいたお金がなくなったら、それまでもぎりぎりだった家計が一気に立ちゆかなくなっちゃって……通っていた病院の先生に相談したら生活保護を勧められたの」

役所で祖父・祖母・美代子の三人の世帯を対象にした生活保護を受けることも勧められたが、祖母は嫌がった。本来なら彼女がもらっている年金よりずっと多いお金がもらえるにもかかわらず、「自分は病気ではないのだから」と主張したらしい。

「それで、仕方なく、私だけこの家で世帯分離をして」

「世帯分離？」

「そう。生活保護っていうのは、原則として世帯ごとの収入で計算して、足りない場合にお金を受け取れるわけ。でも、例えば、介護が必要で年金が少額だったりもらってない親がいたら、子供は介護を頼むお金もなく、自分が働くこともできず、共倒れになるでしょう。そういう人のために、親を世帯分離して一緒に住みながら、親だけ生活保護を受けることもできるんだよ。あんまり知られてないけどね。私の場合は逆パターン」

「なるほど」

ただ、美代子の場合は彼女が若く、病気さえ治って仕事を見つければ保護を打ち切ることができるので、ケースワーカーの訪問も頻繁だったそうだ。

「よく顔を見せて、私が治ってないかチェックされた。老人とかだと、その見込みは薄いからあんまりうるさくないけどね。早く仕事を探して欲しいんだなっていうのがよくわかった。毎週のように来られて、厳しくてね。そろそろあの人が来るかも、と思うだけで体が震えてくるの」

結局、一年ほどで美代子の容態は改善したけれど、それとほぼ同時に祖母が倒れ、がんが見つかって闘病生活となった。美代子は二人の面倒を見ながら、彼らの年金で食べていくようになった。わずかながら掛けていたがん保険もおりた。

「きっと私のことで心配かけて、お祖母ちゃん、おかしくなっちゃったんだと思うよ。私が治って半年くらいだったもの」

めずらしく、美代子が自分の親族についてしみじみとした声を出した。

「本当に、大変だったんだねえ」

「あの頃が一番、大変だったかもね。まあ、あれから家がさらに古くなって家賃も下がったし、なんとか生きてこられたんだけど」

その祖父までも死んでから、今のような生活となったのだろうか。藍の表情に気がついたのか、美代子は話を変えた。

「で、問題は藍ちゃんよ。藍ちゃんたちがどうやって、生保を受けられるようになるかってこと」

「そんなこと、うまくいくの?」

さっきも美代子自身が言ったではないか、若いと再就職の催促が厳しくなる、と。だいたい、藍はぴんぴんしてるのに、どうしようというのだ。

「だから、一つには藍ちゃんのお祖母ちゃんを、世帯を分けて、保護を受けさせることだよね。今、お祖母ちゃん、月にいくらくらい年金もらってるの?」

「四万くらいだと思う」

祖母は働いていなかったし、祖父の会社もうまくいったりいかなかったりで、そのあたりはいい加減だった。未払いの時期がかなりあったようだ。

「よくそれで生きてこられたね」

「どうも、お祖父ちゃんの遺産やら保険金やらの貯金と、もう少し若い時はパートに行ったりしてなんとかやってたらしい。でも、どうしようもなくなって、ママを西川口から呼びつけたんじゃないかな」

「藍ちゃんのお母さんはどこで働いているの？」

「さあねえ、あんまりよくわからないんだけど、たぶん、スナックみたいな場所じゃないかな。あの人、はっきり言いたがらないけど」

「ちゃんと給料明細とか見たことある？」

「いや、ないね。そんなものちゃんと出してくれるところじゃないと思うよ」

藍は母、孝子の財布を思い浮かべた。

「今付き合ってる人がやっているか、紹介されたような店なんだと思う。で、その日の儲けの中から、一万とか五千とかもらってるみたい。店が繁盛すればいっぱいもらえるし、客が来なければもらえない、みたいな」

ため息と苦笑混じりに説明した。

「ほんと、昔からいつもそういう場所で働いてるんだよね、だいたい、知り合いの知り合いとかの店とかでさ」

「でも、それは好都合かもしれない」

美代子に馬鹿にされるかもしれないと思ったが、意外に彼女は喜んでいる。

「そういうことなら、藍ちゃんのお母さんの収入はほぼゼロってことで申請できるかもね。五十代だし職歴や学歴のせいで、ちゃんとした仕事を見つけるのはむずかしいって主張するとか」

「本当?」

「だいたい、藍ちゃんのお祖母ちゃんは、今だって生活保護を申請できるような経済状態なんだよ。ただ、してないだけで」

「そう?」

ちょっと複雑な気持ちになる。自分たちはすでにそこまで堕ちているのか。

「だって、生活保護なら月々十二万くらいはもらえるんだよ。年金より多いし、もう、お祖母ちゃんは働けないんだから、いいんだよ」

「へー」

「結構、皆、生活保護のレベルまで堕ちてるんだけど、それを知らないんだよね」

普通の人なら藍が働いて祖母と母を助けることになるのだろう。

「だけど、藍ちゃんには藍ちゃんの人生があるわけじゃん。前みたいに結婚していたらとても働いて仕送りするなんてできないし。だから、前に言ったみたいに共倒れしないために、生活保護を受けるの」

「まあねえ」

「一番簡単なのは、お祖母ちゃんを本当に引っ越しさせてさ。ここじゃない、別の管内の小さいアパートかワンルームマンションにでも住まわせて、そこで生活保護を申請する」

「別の管内？」

「別の地域ってこと。例えば隣駅の——は東京都でしょ」

なるほど、藍たちが住んでいるのは神奈川県だが、町田の方に行けば東京都町田市、逆に八王子の方に行けばやっぱり東京都八王子市となる。込み入った場所なのだ。

「前はここに住んでたけど、年金が少なくて貯金もつきたので、引っ越してきましたってことにして」

「でも、私たち、ここに住んでるじゃん」

「藍ちゃんもお母さんも、住民票を移してないんじゃない？」

あっと声が漏れた。確かに、面倒くさくて移していない。藍がしてないことを、さらにだらしない母親がしているわけがない。

「申請書の欄には、二人の昔の住所を書いておけばいい。問い合わせても誰もいないんだから、大丈夫。管内が違えば、ここまで調べにくるケースワーカーはいないと思う。あの人たち、忙しいから」

「本当？　みよちゃんには厳しかったんでしょ」

「生活保護は老人には甘いの。保護さえ受けられるようになれば、藍ちゃんのお祖母ちゃんはそのアパートには住まず、実質的にはこっちで暮らせば今と変わらない生活ができるよ。時々帰って、家の様子を見ていれば大丈夫。もう一つの方法は」

「なになに、まだあるの?」

藍はつい身を乗り出した。

「藍ちゃんがうつ病を詐称する」

「え」

「大丈夫、簡単だから。精神科に行って、そのふりをすればいい。で、診断書を書いてもらって生活保護を申請する」

「そんなにうまくいくかしら」

「お祖母ちゃんが働けないし、年金が少ないっていうのは本当だし、藍ちゃんのお母さんの収入がはっきりしないならいけると思う」

「大丈夫かな」

「リーマンショックと震災のあと、生活保護受給の条件はすごく甘くなって、簡単になったって聞いたことあるの。前、お世話になったケースワーカーに町でばったり会ってね。今は若い人も仕事がないってだけで、ばんばん生活保護申請を出すから本当に忙しいって言ってた」

藍はふと不思議な気分になって聞いてみた。美代子がそんなに詳しいなら、どうして自分も生活保護を受けないのだろう。老人を拉致したり、ミイラにしたりするよりずっと簡単ではないか。

「そうなんだけど、最初にお祖父ちゃんが死んだ時はそんなに簡単に受けられる時期じゃなかったから。その後、甘くなったって聞いたあとも、生活保護で出る家賃補助じゃこの家に住み続けられないの」

「この家じゃなくてもいいじゃない」

尋ねる途中で、あっと気がついた。ここには死体……ミイラがあるからだ。この家の二階には三体のミイラがあった。それを狭いアパートなんかには移せないから、美代子はここで老人を介護して、年金をもらい続けなければならなかったのだ。

美代子を見ると、目を伏せていた。この家に縛り付けられている彼女が不憫《ふびん》だった。

「ねえ、どうしよう」

藍は心がけて、弾んだ声を出した。

「そのどちらの方法にしよう」

美代子は顔を上げてにっこり笑った。藍が乗ってきてくれたのが嬉しいようだった。

「どっちの方がいいかねえ」

「詐称には自信がないけど、お祖母ちゃんを一度、別の場所に移すのも難しそう」

「藍ちゃんのお祖母ちゃん、ちゃんと説明すれば動いてくれそうな人？」

「たぶん嫌がるだろうけどお金にはがめつい人だから、納得すればやってくれるかな」

「同居したまま生活保護受けられればいいんだけど、それはまだ難しいかもしれないしねえ」

結局、話し合って、まずは祖母を説得して別の場所に移し生活保護を申請する。その後、可能なら、藍のうつ病を詐称しこの場所で生活保護を申請する、という方法を考えた。それなら二重に金をもらえる可能性がある。

「ずるいことしてる、って考えたり、引け目を感じたりする必要なんかないんだよ」

美代子は何度も言った。

「わずかでもちゃんと年金を払ってきた藍ちゃんのお祖母ちゃんが月四万しかもらえないのがおかしいの。まったく年金も健康保険も払ってこなかった人が生活保護を受けて、生活費だけじゃなくて病院や介護の費用を出してもらえてるんだから、お祖母ちゃんは正当な要求をしているだけなんだよ」

それは、あの日、「私は介護をしてるんだから、お金をもらえるのが当然なんだ」と言い切った彼女の顔と同じだった。

祖母ヤスに生活保護の説明と説得をするために、美代子を夕食に呼ぶことにした。このところ藍はよく美代子の家で食事をしていたので特別なことだと思わなかったのだが、朝食の席でそれを告げると祖母と母は顔を見合わせ、「あら」「やだ」と仲良くハーモニーした。

「夕食って、何出すのよ」

「別になんだっていいよ。私がお店から帰ってくるの九時過ぎだから、くるのもそのくらいにしてってって言った。店の残り物もあるだろうし」

「そんな、あるかどうかもわからない、しかも残り物出すわけにいかないじゃない」

「あたしだって、帰ってるかわからない」

「じゃあ、私、なんか買ってくるよ。お肉も買ってくる。あ、思い切ってすき焼きにしようか。白菜、ちょっと前に買ったのがあったでしょ。お肉、私が買ってくるから鍋の用意しておいてよ。ママは遅れてもいいから」

それでも、二人は顔を見合わせている。

「掃除もしなきゃならないし」

「すればいいじゃない。まだ夜まで何時間もあるんだから」

「藍だって、午前中は家にいるんだから、あんたが掃除しなさいよ」

「……わかったよ。別にみよちゃん、気にしないと思うけどね。ママが警察から帰ってきた日だって、来て掃除手伝ってくれたじゃん」

「ああいう時と、改まって夕食に来てもらうのとは違う」

祖母が妙に真面目な顔で言う。

「どこが違うのよ」

「ちゃんと来てもらうのに、部屋が汚かったら、その人を歓迎してないってことになるでしょ」

本当に見栄っ張りな親娘だ。だったらいつもきれいにしておいてくれればいいのに。仕方なく、玄関とトイレだけざっくり掃除してパートに出かけた。

店に着いてからも、藍は祖母と母の意外だった言動を思い出していた。

考えてみると、改めて人を家に呼ぶなんて、ほとんどしたことがない。藍が子供の頃だってそうだったし、大人になってからはなおさらだ。一度か二度くらい親戚が来たことがあるかもしれないけど……。だから、来客について二人がどう考えているかなんて、聞いたこともなかった。知らなくても仕方ない。

「すみません、合挽き肉、三百……」

ベビーカーを押してきた母親らしい客が、肉のガラスケースをのぞきながら藍に話しかけてきた。もう一人のパート、熊倉は休憩に入っていて、藍は一人で店に立っていた。

「あれ、足りないかな」

確かに、合挽き肉のトレーには握りこぶし二つ分くらいの肉しかない。

「すぐ挽けますよ！」

藍の後ろから、話を聞いていたらしい店長が弾んだ声で答えてくれて、客が他の買い物をしている間に作っておくことになった。

店長が大型のミートミンサーに牛と豚のかたまり肉を押し込むと、赤と桃色の挽肉がにゅるにゅると、こともなげに出てくる。

「そろそろ、うちの祖母ちゃんも店に帰ってくるんすよ」

それをじっと見ていたら、店長に話しかけられた。

「え」

やっぱり、業務用の機械は家庭用と違うな、などと考えていたので、少し驚いた。

「うちの祖母ちゃん、ここの社長。リハビリも終わって、来週くらいから店に出てくるって」

「ああ、そうですか」

間抜けな声が出たあと、ふっと気がついた。

「あ、もしかして、私、やめた方がいいってことですか」

店長の方が驚いたように藍を見た。

「なんで⁉」

「社長が戻ってくるってことは、私、必要ないのかと思って。私、その人の代わりに入ったんですよね」

「いやいや、いやいや」

彼は激しく手を顔の前で振る。

「そう聞こえたら、悪かった。帰ってくるっていっても、いきなり店に立ったりはできないから。たぶん、奥で帳簿付けたり、注文出したりする仕事になると思う。北沢さんがいなかったら大変だよ」

奥の勝手口から、出入りのハムの会社の営業担当が顔を出した。

「こんちは！」

三十代初めの男でいつも声が大きい。

「悪い。今日は注文、なんにもない！」

今なら電話やメールでいくらでも注文を出したり受けたりできると思うのだが、彼らは必ず毎日やってくる。

「そう言わないで、何かありませんか。今日、他もぜんぜんなくて困ってるのよー」

妙に女っぽい品をつくる男で、そこがおもしろいとかわいがられていた。

「ないない、だめだめ」

しかし今日の店長はそっけなく手を振るだけだった。

「わっかりました！　毎度どうもー」

ねばったわりに、簡単に挨拶して出て行った。

藍はその軽薄さに思わず笑ってしまう。今、自分がやめなくてもいいと言われて、ほっとしたのもあったのかもしれない。

「北沢さんが笑うの、久しぶりに見たな」

「そんなことないですよ」

「そうだよ、このところ、お客さんや熊倉さんと話している時以外は、じっと暗い顔で考え込んでたでしょ。なんか、あったの」

気がつかれたことよりも、店長のような男が自分のことを気にかけてくれたことに驚いた。

「いえ、大丈夫ですよ」

答えながら、どうしてもミンサーからブツブツとした音を立てて出てくる肉に目が行ってしまう。やっぱり業務用の機械というのはすごい。これなら内臓だってあっという間に処理できただろうに……。

「別に何でもありません」

「それならいいけどさ。熊倉さんも気にしてたから」

「あ、店長、すき焼き用の肉、今日買って帰っていいですか」

話と自分の気持ちを変えたくて頼んだ。一応、パートは三割引で買えることになっている。実際にはそれ以上安い値段にしてくれることが多かった。

「もちろん。毎度ありー。肉、何にする？　肩ロース？　バラ？」

「両方を半々にします。あとで自分で包んでおくんで」

「いや、新しいの切るよ。いいところ、切ってあげるから。半額にしていいよ」

「すみません。じゃあ、五百、お願いします」

熊倉が戻ると、彼は店の冷蔵庫からロースの塊を出して、言葉通り精肉機の前にセットした。

シャー、シャー、という肉を切る音は気持ちがいい。それを聞きながら考え込んでしまった。こんな仕事場でも気は抜けないのだ。店長以上に熊倉は自分のことについて思うところはあるだろう。

「あ、熊倉さん、お嬢さん、もう家に戻ったんですか」

彼女の娘に子供が産まれて、里帰りしていることを思い出しながら尋ねた。確かに久しぶりに他人のことを気遣っていた。


家に帰ると美代子はもう来ていて、祖母とこたつに入って話していた。

母はまだ帰っていない。

「お肉買ってきたよ」

藍は二人に肉の包みを見せながら言った。祖母は台所に立ち、鍋の材料だけは切っておいてくれたらしい。こたつの上に食材と簡易コンロが載っていた。

「もう先に始めちゃおう」と誰からともなく言って、孝子が帰る前に具材を鍋に入れた。

「最近、藍がみよちゃんの家に入り浸ってるみたいねえ。悪いわねえ。そんなに行ったら駄目よって言ってたのよ。みよちゃんは介護とかで忙しいんだから」

野菜を投入していた祖母が、まるで藍が小学生か何かのように言った。

介護で忙しいと言われた時、美代子の顔、右額から顎のあたりにぴりりと緊張が走り、一瞬、瞳を右に寄せて祖母をにらんだ。しかし、彼女が鍋に集中しているのを確かめると、にっこり笑って藍を見た。

あまりに素早い表情の変化に、藍の方が落ち着かない気持ちになる。

「いいえ、私も助かってるんです。藍ちゃんが来てくれて話し相手になってくれるから楽しくて」

「そうなの。それならいいんだけど」

本当は、藍はそんな注意はほとんど受けたことはなかった。美代子の家に行ってくると言っても、ここでいつもテレビを観ている祖母は無反応だ。挨拶代わりに言っているようなものなのだろう。

野菜が煮えて肉を割り下にくぐらせる頃になると、三人にのんびりした空気さえ流れるようになった。

「……あの、ちょっと藍ちゃんから聞いたんですけど」

美代子が身を乗り出しながら、こちらに目配せする。ついに祖母に言うのかと、藍は身を硬くした。

「あの、こんなこと言うの不躾《ぶしつけ》かもしれませんけど、お祖母ちゃんの年金がちょっと少ないって」

「嫌だ、この子、そんなこと話したの」

祖母は盛大に顔をしかめる。

「藍！　なんでそんなこと言うのよ」

そうだった、祖母は家の中では「金、金」とうるさいが、一歩外に出たら「そんなこと一度も考えたことないし、苦労したこともない」という顔をする。だから、踊りを習っている時は金もないのに、着物だ帯だ、先生の発表会のチケットだと、湯水のように金を使ったのだ。

「だって、本当のことでしょう」

「別に少ないこともないよ。普通なんだよ。家で商売していたような人は皆、こんなもん。サラリーマンと違うんだから、羽振りのいい時だけじゃない。悪い時にちょっと納めるのが滞ったりするのは仕方ないでしょ。うちはその分、現金で残してたんだから、年金なんてねえ。もともと当てにしてないよ」

ほほほほ、と唇をすぼめて美代子に笑いかける。その貯金だってもう底をついたはずなのにまだ見栄を張っている。

「みっともない。少ないったって、娘と孫が帰ってきてくれたから、なんとかやっていけるんですよ」

「ええ、そうでしょうねえ、そうでしょうねえ」

美代子は祖母を刺激しないようにうなずく。

「藍ちゃんち、昔はすごかったものねえ」

彼女は祖母をなだめるつもりで褒めたようだが、「昔は」というところにひっかかったのか、祖母は急に無表情になった。

「そんな見栄を張ったってしかたないじゃない。私、知ってるんだよ。お祖母ちゃんの年金、月四万くらいでしょ」

二ヶ月にいっぺん、八万が支給される日は朝一番に銀行のATMに並ぶためにいそいそと出かけていく。月五千円の祖母の分の家賃だっていつも滞りがちだ。

「そんなこと言うんじゃやない!」

祖母はそっぽを向く。それを昔からのお隣さんの美代子に知られるのが、よっぽど悔しく恥ずかしいらしい。

「見ちゃったの、年金のハガキ。今さら気取ったって仕方ないじゃん。それが現実なんだからさ。それで、みよちゃんがいい方法を教えてくれるって」

気を遣って機嫌を取りながら話したって埒《らち》が明かない。この人には現実の数字を出してはっきり言った方がいいのだ。

「みよちゃんが言うようにしたら、簡単に月に十二万以上もらえるってよ」

「え？」

月に十二万と聞いて、祖母はこちらに向き直った。

「それほんと？」

「はい」

美代子はにこやかに説明し始めた。

「年金が足りない高齢者にその分を援助してくれる制度があるんです」

生活保護、という名前を出さずに説明した。

「家賃や食費だけじゃなく、医療費や介護費用なんかもただになりますから実質的にはもらえる金額以上の得になりますよ」

美代子が駅前スーパーの特売日を教えるような、軽い口調で言う。

「じゃあ、年金はどうなるの？」

「年金が四万なら、差し引きになりますからざっくりですけど、プラス八万もらえることになりますね」

「月に？」

「月に」

美代子は大丈夫ですよ、と言うように深くうなずく。

「そんなありがたい話があるの？」

「お祖母ちゃんはこれまでしっかり働いてきたんだから、ちゃんと受け取る資格があるんですよ。お年寄りならすぐに支給されます」

しっかり働いてきた？ 藍はその言葉を疑う。まあ、若い頃は普通に家事をしていたし、多少は祖父の仕事も手伝っていたかもしれないが、その保険金を受け取ってからはだらだらと遊んでいることの方が多かった。藍にも家事を負担させていたし、そんな働き者がここにいるとは思えなかった。

けれど、説得しなければならないのだから、口を挟まずににやにや笑いながら横にいることしかできない。

「夢のようだねえ」

そこまで聞いて、良いことばかり並べ立てられた祖母は、美代子が「そのためには隣町のワンルームマンションに一時的に引っ越さなければならないこと」「手続きの間、少し面倒なこともあるかもしれないこと」、そしてそれは「実は生活保護なのだ」ということを聞かされても大きな拒否反応を示さなかった。

「国にお世話になるなんて考えたこともなかったけど、ほら、うちはお金に困ってたことはなかったから」

藍の大学進学には百パーセント奨学金を借りさせたのに、すましてそんなことを言う。

「あたしも受けられるんだねえ」

「生活保護は国だけじゃなくて、地方自治体が半分財源を出してますけどね」

「なんだって?」

「いえ、なんでもありません。まあ何枚も書類を書いたり、いろいろなところから証明書をもらってきたり、面倒くさいこともありますが私の言うとおりにやっていただければ」

「ふうん」

ほとんど祖母が納得しかけたところに、母、孝子が帰ってきた。

「お帰り」と声をかけてもろくに返事をせずトイレに走ると、盛大な水音を立てて用を足した。

「ああ、来てるんだっけ」

孝子はかなり酔っているようで、すっかり忘れていたらしい。ふらふら居間に入ってくると、立ったまま、藍がもらってきてこたつに並べていたコロッケをつかんで口に入れた。

「今、みよちゃんから話を聞いていたのよ」

藍が、ヤスは生活保護を受けたらどうか、という話を要約して説明すると、「ああ」とつぶやいてうなずいた。

「ママはどう思う？」

おそるおそる藍が尋ねると、「いいんじゃない」と簡単に言って、コロッケを飲み下した。

「いいの？　本当に？」

「前住んでたところにもたくさんいたし、今の店にもそういう人来てるよ」

「そうなの？」

「まあ、この人と少しでも離れたところに暮らせるならそれもいいよ」

もう疲れたから、あたしは寝る、母は一度も腰を落ち着けることなく、二階の部屋に上がっていった。

「ママ、本当にいいのかな」

藍が祖母に尋ねると、「別にあの子の了承をとる必要もない。あたしの問題だもの」と吐き捨てるように言った。

「じゃあ、まずは部屋を探して、そこに移りましょうか」

美代子だけがさっきと変わらず、にこやかに言った。

藍ちゃんも一度心療内科に行ってきなよ、うつ病と診断を受けておけばこれから何をするにしても簡単だから。

美代子に何度かそう促されて、藍がやっと重い腰を上げたのが、その次の週の定休日だった。

まだ自分は不正取得はしていない、ただ、病院に行って少し大げさに話して、うつ病の診断と薬をもらうくらいなら……ともすると怖じ気《おけ》づいてしまう自分を鼓舞するようにして、藍は決心した。

その前夜、ベッドの中で病院を探した。スマートフォンに心療内科と自分の住んでいる駅の名前を入れると、驚くほど多くの医院がずらりと並ぶ。

こんなにたくさんあるのか……普段、このあたりを歩いている時は心療内科なんて見たこともなかったけれど。いくつかは自転車を使えば十分もかからずに行けそうだし、中には歩くだけで着きそうな場所もある。

「メンタルクリニック」「心クリニック」「心療クリニック」……こういう種類の病院は横文字の名前が多いらしい。名前の横に小さな写真がついている。医師の写真のところもあれば、ピンク色を基調にした待合室らしい部屋が写っている写真もある。

あんまりぴかぴかしたところはなんだか怖いし、近すぎるのも嫌だ、先生がばっちりメイクの華やかな若い女のところもどうかと思う、かといって神経質そうな銀縁メガネをかけた中年男はなお嫌だ。

いろいろ考えてしまって、なかなか病院を選べない。ただ探すだけだ、どんなところか見るだけだ、とやっと一番上に出てきた、駅前の医院を人差し指でタッチした。

待合室は普通の白い壁、医師は若い男だが頬がぽっちゃりしているところなど好感が持て、親しみやすい。悪くないかもしれない。一方で、あんまり親しみやすい先生もどうかと思う。いい人すぎるとつい話し込んでしまって、詐称がばれるかもしれない。それに、その人をだますことに罪悪感も生まれそうだ。

迷っているうちに、ふとそのページの最後の「口コミ・評判」欄を見つけて開いてみた。ずらりと感想文が並んでいる。

――先生は、私とはもう話す必要がない、薬を飲むしか方法はないと言いましたが、それはどういう意味ですか?

――処方箋のミスが私だけ6回もありました。他の患者にはないようなのに、どういうことなのでしょうか。

――ここの病院に半年以上通いましたがまったく治りませんでした。

――患者を薬漬けにする怖い病院です。私は一日五十錠以上の薬を飲まされましたが治りませんでした。

――緊急搬送された時の先生の冷たい対応は忘れません。

こんなことを書かれるなんて相当駄目な病院なんだろうか、と思った時、その書き込みがすべて同じハンドルネームの男に記されたものだとわかってぞっとした。自分も、こういう世界に入っていかなければならないのか。

その日の昼間、美代子にうつ病の詐称とはどうしたらいいのかと尋ねると、「そんなの適当に不眠で気分が沈むと言っておけばいいのよ」と言われたが、本当にそんなのでいいのだろうか。

藍は夜中にやっと、家から自転車で十分くらいの、「平井医院」という場所を見つけた。医師のピンぼけ写真しか貼ってなく、気取った「クリニック」でもなかった。わりに年齢の行っている男だということはその写真でもわかった。感想文は一つもなかった。もうそれだけで十分な気がした。

「平井医院」はかなり古い木造家屋の一角にあった。正直、これほどしゃれていない病院というのも最近珍しいのではないか、と思った。歯医者などはきれいで新しく最新式の設備をそろえないと患者が来ない、という話を聞いたことがある。

一瞬、また帰りたくなったが、勇気を出して引き戸を開ける。これを逃したらまた一週間後になるし、もしかしたら、古いのに診療しているというのは、患者が多い名医という証かもしれない。

いや、今の藍は名医を探しているのではなかった。むしろ、適当にやっている医者ですぐに診断書を出してくれる医者がいいのだった。この建物の古さはどちらを表しているのか。

午後の診療は四時からだった。藍は五分過ぎには着いていたのだが、すでに数人の患者が戸を開けてすぐの部屋に並んで座っていた。これもまた古い受付に中年女性が座っていて、看護師か医師の妻かもしれないと考えながら保険証を渡した。

ぺったりと踏み固められたスリッパとページがめくれあがった女性週刊誌がペアのようにたっぷりそろっている待合室だった。

藍もソファの端っこに浅く腰を下ろした。

何を聞かれるのだろう……美代子はああ言ったけど、本当にうつ病と診断してもらえるのだろうか。

「北沢さん」

思っていた以上に早く呼ばれて、藍は診察室に呼ばれた。どうも他の患者は薬を受け取るだけのために来ている人が多かったらしい。

「はい、どうしたの」

写真の印象より二十は年上の、しかも、かなり頼りない感じの年寄りがそこにはいた。

面長《おもなが》で髪は真っ白、七十歳は軽く超えているだろうと思われた。

「……自分、うつ病じゃないかと思うんですよね」

いろいろ考えてシミュレーションしてきたのに、口を開くとなんのひねりもない言葉が出た。これじゃ、うつ病を詐称しにきましたと言わんばかりじゃないか。言ってしまってから藍は慌てた。

「いや、そうじゃないか、と思うだけなんですけど」

「どうしてそう思うの？」

しかし、彼は特に不審にも思わなかったようだ。何やらカルテに書き付けながらさらに尋ねてくれた。

「よく眠れなくて、睡眠不足で……」

これは嘘ではない。離婚してからというもの、なかなか寝付かれないし、隣の名前のない男を死に追いやってからはなおさらだった。

「うん」

「なんだか、毎日体がだるいんです」

パートに出るようになってから疲れて脚がだるい。これもまた嘘ではない。

「それ、どのくらい続いてるの？」

「……一ヶ月、いや、もっと前ですかね、睡眠不足は三ヶ月くらい」

「自分でその理由の見当はついてるの？」

「はい……実は最近、離婚しまして……」

これはもちろん真実だった。離婚は胸を張れることではないかもしれないが、不眠症やだるさの原因としては至極まともなような気がした。だからだろうか。それを口にしたとたん、なんだか、堰《せき》を切ったようにすらすらと訴えることができた。

「子供を夫の方に取られてしまったんです。私は収入がないからって……それで私は実家に帰ってきたんですけど、祖母と母がいて、この二人と自分の将来が不安ですし、子供をどうしたら取り返せるのかわからないし、いろいろ考えていると夜眠れなくなってしまって」

そして、最後の切り札になるのではないか、と藍が事前に考えてきた言葉を言った。

「夕暮れになると本当につらくなるんです。気分が沈んで、なんだか死にたくなる……」

決まった！　と思った。

死にたくなるというのは、医師が一番心配する言葉ではないか。藍だってそのくらいは知ってる。

「なるほど」

藍の言葉をカルテに書き取ったと思われる、老人医師はうなずいた。

「やっぱり、うつ病ですよね？」

「まずね、うつ病の人は、そんなにぺらぺらと落ち込む理由を話せません」

「へ？」

思いがけないことをずばりと言われて、藍は間抜けな声が出た。内心、まるで白ヤギのような老人だと思っていたけれど、急にしっかりした医者に見えてきた。

「なんの理由もないのに落ち込む、眠れないというのが、うつ病なんですよ」

だって、先生が理由を聞いたんじゃないですか、だから答えたんじゃないですか、という言葉は飲み込む。美代子がちゃんと教えてくれないからだ。

「あなたのは普通の気分の落ち込み。そりゃあ、離婚して子供と別れればそうなるでしょ」

「だけど、夕方になると気分が沈んで……」

「夜になって暗くなれば、皆、いくらかは沈むよ。今は冬だしね」

「なるほど」

妙に納得してしまう。

「軽い睡眠薬、二週間分出してあげるから飲みなさい。それでも、眠れなかったらまた考えましょう。それから、あんた、顔色が悪いね」

あっかんベーして、と言われるままに、目の下まぶたをめくる。

「あー、貧血だね。だから、眠れないのかもしれない。鉄剤も出しておこう」

ほんのちょっとの睡眠薬と鉄剤を処方されて、藍は帰路についた。


「……うつ病の詐称もできないとは……」

美代子は腕を組み、少し芝居がかった横目で藍をにらむ。

「藍ちゃんも意外に使えないねー」

「だって、みよちゃんがちゃんと教えてくれないから！」

「どこに、精神科に行って、鉄剤もらってくる馬鹿がいるのよ」

しかし、目が合うと、二人はあははははは、と笑い出してしまった。美代子は体を二つに折って笑っている。

「精神科で鉄剤、精神科で鉄剤……」

「そんなに笑わなくてもいいじゃん、それに精神科と違う、心療内科」

「本当に、藍ちゃんは健康な人なんだね。最近はどんな人だって少しは病んでるっていうのに」

確かに、老人をミイラにして、ここまで精神が正常ってどういうことなんだろう。藍は妙に強靭《きょうじん》な自分の精神を恨む。

「お母さんだからかねえ。母は強し」

「関係ないと思うよ」

「これはもう一度ちゃんと行ってもらわないと」

藍はため息が出た。また、別の診療所の門をくぐらなければならないのか。

「まあ、一度失敗したんだから、次は大丈夫でしょ。それより、私、お祖母ちゃんの部屋、探しておいたから」

美代子は藍に携帯の画面を見せる。

「いくつもあるよ。ほら」

八王子方面の、藍たちが住んでいる駅の一つ隣の場所だった。駅から十三分、けれど、バストイレがちゃんとついた六畳のワンルームマンションだ。写真を見ると、白い壁にフローリングが新しい。ちゃんとクローゼットもついている。

「これで三万四千円に管理費二千円。こっちは三万八千円」

同じような１Ｋの部屋を見せる。どちらもきれいで、上京した学生や若いＯＬが普通に暮らしていそうな部屋だ。

「嫌だ、私が住みたいくらい」

「だよね。でも、このくらいならゆうに生保範囲内。まずここに引っ越して、この管内で生保の申請をしよう」

「大丈夫かしら」

なんだか、また不安になって美代子に尋ねる。自分はうつ病の診断書ももらえなかったのに、祖母が生活保護の受給なんてできるんだろうか。

「年寄りで年金も少ないんだもの。ほとんど問題なしでもらえると思う。最初のうちはケースワーカーが訪ねてくるかもしれないけど、まあ、なんとかなるでしょ。時々、週一くらい誰かが行って、水や電気を使ったり、洗濯物を干したりしていればごまかせる」

そんなに簡単に行くんだろうか。

「お祖母ちゃんに引っ越しをさせて、まずは市役所か福祉事務所に申請書をもらいに行かせよう。今の状況を話して、申請書をもらえれば、ほとんど大丈夫でしょう」

美代子はやたらと強気だが、藍にはまだ不安しかない。

同じ週の週末に不動産屋を訪ね、次の次の週の定休日には引っ越しを済ませた。藍は一日、パートを休むだけでよかった。今度は軽トラをレンタカーで借り、祖母の荷物を運んだ。テレビとこたつ、布団が一番大きな荷物だった。洗濯機は共同のがマンションについているし、冷蔵庫はキッチンに小さなものがある。

まあ、そう長い時間を過ごすわけではないので、こんな引っ越しで十分だった。

「ねえ、藍ちゃん、私、思ったんだけどさ」

美代子は、藍と一緒に祖母ヤスをワンルームマンションに送ったあと、帰宅する車中で言った。

「こういう人たちを集める仕事、できないだろうか」

「こういう人ってどういう人？」

「年金が少ない人。藍ちゃんのお祖母ちゃんみたいに年金の掛け金を少ししか払ってなかったり、事情があって飛び飛びにしか払えなかったりした人たち。それで、月二、三万とかしかもらえなくて、でも、生活保護を申請できるって知らない人多いでしょ。そういう人に説明してさ、生活保護を受けられるようにしてあげるの。家も探してあげてさ。年寄りだから、簡単に受けられるじゃない？　別に違反でもないし……ただ、それをもらいやすい方法を教えて、手助けしてあげるだけ」

「ふーん」

「というか、夫婦ならともかく、どちらか片方に亡くなられた人はちゃんと掛け金を払っていても、年金が月五万いかないって普通じゃない？　持ち家と貯金があればなんとかなるけど、それがなかったら生活保護の方がたくさんもらえることになってしまう。苦しい人、いっぱいいるはず」

「それはいいけど、なんのため？」

前もそうだったが、美代子が夢中になって何かを語り出すと、あまり良いことにはならない。驚くようなことに巻き込まれる可能性がある。藍は前方に注意しているふうを装いながら、けれど本心はかなり用心しながら尋ねた。

「私たちはその人たちから月一万くらいもらうの。そういう人が五人くらいいたら、私、すごく楽になる。十人とかならもう十分。私、そんなにお金かからないから……」

「……同じような話、ちょっと聞いたことある」

藍は少し前にNHKのテレビで知った、貧困ビジネスについての番組を思い出した。

「関西で仕事のない人を集めて一つのマンションに住まわせて、もらった生活保護費をほとんど巻き上げるんだって」

あれはニュースの中の特集コーナーだった。NPOの名の下に一見、人助けやボランティアのような体《てい》をなしながら後ろ暗い世界の人間が関わっていると説明していた。恐ろしい話ですぐにチャンネルを替えたっけ。

あれは去年か一昨年の番組だった。あの頃、藍はまだ家庭の主婦で、それをただ、怖い怖いと思っただけだったのに、今はこんなにその近くにいる。

「違うよ。不正受給じゃなくて、生活保護を受けて当然、当たり前、ただ、その知識がないって人を探すだけ。食べられなくて困ってる人。それに私は一万くらいしかもらわないよ」

なるほど、病気を詐称させたり、ほとんどの金を巻き上げたりするのなら犯罪かそれに近い行為だが、ただ、年金の少ない老人を探して生活保護の申請を手伝ってやるなら、そう悪いことじゃないかもしれない。

「でも、それなら、本物のケースワーカーとどこが違うんだろう」

藍は思い浮かんだ疑問を口にした。

「私はケースワーカーには絶対なれない。それが違うところ」

「ええ？」

あの家と、家に横たわる四体のミイラに縛られた美代子はケースワーカーには確かになれないだろう。でもそれは美代子が違うだけであって、ケースワーカーとの違いではない。

「私がケースワーカーになれないならお給料は別のところからもらうしかない。それが月に一万ずつの謝礼。それに、ケースワーカーはこちらから探して生活保護を受けさせたりしないよ」

「確かに」

なんだか、急に美代子が不憫になった。

「一万円の代わりに私、時々訪ねたりして、様子見て、話し相手になったりする。買い物くらいなら手助けするし」

美代子はただ、最初に祖父が死んでしまった時、判断ミスをしただけだ。年金を取り上げられたくなかっただけだ。でも、それは、親戚たちから介護を押しつけられてきた彼女がたった一度、生きるためにとっさにやってしまった罪なのだ。それがずっと尾を引いて、今、彼女はその程度の夢……生活保護を不正受給、いや、不正でさえない受給をさせて、その上前をはねるくらいの夢しか見られなくなっている。

間違った選択は将棋倒しだ。最初の選択の駒を正当化するため、つじつまを合わせるため、次々と駒が倒れていく。

「いいんじゃない」

そのくらい、許されるのではないか。美代子はきっと甲斐甲斐しく老人の世話を焼き、こまごまと働くだろう。これまで老人たちにやってきたように。その代わりに月一万くらいもらって何が悪いのだろう。

「二万もらいなよ」

「えー、そんなにもらえないよー」

美代子は嬉しそうに身をよじる。死体をミイラにしたり、誘拐したりするわりに、意外なところで遠慮深い。

「そういう人、探すには車、欲しいね」

「でも車を持っていると、生活保護もらえないから」

藍は考える。自動車を自分で所有できないとなると、今、高柳から借りている車をできるだけ長く借りられるのが一番いい。やっぱり、レンタカーは高すぎる。彼は休日しか使わない。でも最近、妻に「どうして友達にずっと車を貸しているのか」とたびたび聞かれるらしい。藍は車に痕跡を……自分の痕跡や女の痕跡を残さないことを心がけていた。物を残したりはしないし、返す時には入念に掃除をする。けれど、近いうちに使えなくなるかもしれない。

彼らが車を使うのは休日夫婦で出かけたり、妻を夜のコンサートに送迎する時だけだ。つまり、夫婦仲が悪くなれば車は藍がずっと使えることになる。

前に彼のスマートフォンにあった、若い女とのLINEの会話をどうにかして彼の妻に見せることはできないだろうか。彼らが離婚するほどにはならないくらいに不仲にできないか。離婚してしまえば、車も処分することになるかもしれないから、それでは元も子もなくなる。あれをうまく使えば。細心の注意を払って……。

「藍ちゃん、どうしたの」

声を出さずに笑っていたらしい。

「ううん。ちょっといいこと思いついた。みよちゃんと年寄りを探すために」

家に着くまで寝てていいよ、美代子に言葉をかけながら、藍はアクセルを優しく踏んだ。

祖母の生活保護はあっさり認められた。

あまりにも簡単で、「絶対大丈夫」と言い続けていた美代子でさえも、拍子抜けするくらいだった。

祖母が最寄りの市役所に相談に行き、貯金通帳や年金手帳などを見せて現在の様子を説明するとすぐに申請書をくれた。「前は別の場所に住んでいたが、そこの家賃を払いきれなくなったので、こっちに引っ越してきた」と話すとまったく疑われることもなかったそうだ。

申請書には現実の祖母の資産状況を正直に書いた。貯金はもちろんのこと、家屋も車も有価証券も貴金属も所有していないのだからなんの問題もない。わずかに、なんの価値もない中古の着物があったくらいだ。月に十二万ももらえるならばそれを処分するくらいなんでもないと平気な顔をして言っていた。実際、その程度の「資産」は問題にもならなかったらしい。年金以外は生命保険も入っていない。

ワンルームマンションに居を移す時、保証人には、お金を出して保証人会社に頼むことにした。これは不動産屋が紹介してくれた。費用はかさむが仕方ない。最初、美代子に頼むことも考えたが、いろいろ調べられた時に面倒なのは困るから、大事をとった。実際、申請書にはそこまでの記入欄はない。

唯一の嘘が「援助してくれる者の状況」という欄で、そこには母孝子の西川口に住んでいた時の住所、藍の元住吉のアパートの住所を書いた。ここにはすでに住んでいる人間はおらず、住所変更もしていないから、福祉事務所が問い合わせの手紙を出しても、受取人不明の手紙が戻ってくるだけのはずだ。

これで、財産も何もなく、たった二人の肉親にも見放された、孤独な年寄りができあがった。

皆で作った申請書を福祉事務所に配達証明で送って二週間足らず、「受理」の連絡がやはり書面で通知された。配達証明の手紙で送るというのも、美代子の入れ知恵だった。そうすれば事務所は受け取りを拒否できない。直接行くと、うまく言いくるめられて、提出させてくれないことさえあるらしい。けれど、一度受け取ったら、事務所はなんらかの処置をしなければならない。

その間、祖母は新しいワンルームマンションに一人きりで住んでいた。藍は何回か電話をしたが、「意外に快適なもんだね」などとのんびりした声が返ってくるだけだった。

「もしかしたら、福祉事務所から相談に来てくれとかいう連絡が来るかもしれない」

美代子はその間の過ごし方を詳しくレクチャーしてくれた。

「でも、行く必要ないから。腰が痛いとか具合が悪いとか言って、あとの調査はそっちでやってくれって言えばいいの。調査は向こうの仕事なんだから」

実際、ケースワーカーが数回訪ねてきて、世間話程度の確認をされたらしい。

元々神経がずぶとく、歳を取ってからさらにその傾向が強まっていた祖母でもやはり、受理の連絡は嬉しかったようだ。

「よかった、ほっとしたよ」

めずらしく、しみじみとした声を出していた。

ワンルームマンションから袋小路の家までは自転車なら十五分ほどの距離だった。祖母は昼頃自転車でこちらに顔を出してご飯を一緒に食べ、夕食も一緒にして、また向こうに帰る、ということをくり返した。時には泊まっていくこともあったし、一日来ないこともあった。

一ヶ月ほど経つと、だんだん大胆になって、何日も袋小路の家にいることもあった。祖母はもらったお金で食事代や生活費をこちらに払うようになった。家賃の五千円も文句を言わずに出してくれる。

藍とはほとんど毎日ショートメールで連絡し、一緒に住んでいた時よりむしろ会話は多くなったような気がした。何より、金の心配がなくなったからか、二人で過ごす時間が減ったからか、祖母と母の喧嘩が減ったのが嬉しかった。

「そろそろ、次を考えなくちゃね」

藍の家の雰囲気が落ち着いてくると、美代子はそっとささやいてきた。

「藍ちゃんもお母さんももらえる可能性があるよ」

そこまで欲張るのもどうかと思ったが、祖母の方の心配がなくなると、母をどうにかできないか、という気持ちが盛り上がってきた。母もそろそろ六十だ。どうせ年金なんてちゃんと納めてないだろうし、今もろくに家に金を入れてくれない。水商売は年々厳しくなるだろう。このままだと藍のお荷物になることは確実だ。

「やっぱり、ママをなんとかしないとね」

自分がまったく躊躇《ためら》いもなく、そんな言葉を口にしていることを、藍は気にもしなくなっている。

何度乗ったか知れない助手席に尻を滑り込ませて、思いっきりドアを閉めた。

「そんなに勢いよくしなくてもいいんだって」

高柳はかすかに眉をひそめながら言う。

「今の車はそんなにしなくてもちゃんと閉まるんだから」

「あ、そう」

彼は無言で自分の側のドアを十センチほど開き、ほとんどその重みだけを使って閉めてみせた。彼の忠実なペットのように、それはしゃりん、と品のいい音を立てた。

車に乗る度にくり返されているやりとりだった。最初は藍の無鉄砲さとか、気っぷの良さを褒めているようだったのに、藍の無知や貧乏や育ちを責めているように聞こえ始めたのはいつの頃だろうか。ずいぶん前から、藍も注意されるとわかっていて、わざとやっている。

ちっと舌打ちして彼は車を出した。

お互いもうなんの気持ちもない。ただ、惰性と性欲で続けているだけの関係だ。

「今日、どこへ行こうか」

もちろん、どこのレストランにしようかだとか、どこの行楽地にしようかだとか聞いているわけではない。いくつかある、藍と高柳の行きつけのホテルのどこに行こうか、という意味だ。

「……新横浜にする？　町田にする？」

「町田かな」

そこならここから近くて一緒にいる時間をより短縮できるし、値段も新横浜に比べれば多少安いからだろう。彼の考えていることとくらいわかる。

「じゃあ」と言いかけて、ふっとそれを思いついたのは、藍の出来心だったのかもしれない。

「ちょっと、いつもと違うところにしようか」

「え」

金のこともあった。最近、高柳はどうどうとホテル代の半額を藍に要求してくる。三千円だとか二千五百円だとかの出費は結構、痛かった。

「お金がかからない場所があるの」

数日前に祖母が袋小路の家に戻ってきて、そのまま風邪を引いて寝付いてしまった。今朝、洗濯物を干しっぱなしで来てしまったから見に行って欲しい、と言われたばかりだった。

あの部屋に近づくのは危険だったが、時々、必要なことでもあった。あまり長期に部屋を空けると、ケースワーカーが訪ねてきて電気やら水道やらのメーターをチェックされた時に困る。本当に住んでいるのか、生活の実態があるのか、彼らに調べられるかもしれない、と美代子に言われていた。

しかし、高柳と行って部屋を使い、洗濯物を取り込んでくれれば一石二鳥である。

「何、それ」

無料、というところに惹かれたらしい彼がこのところ一番と言っていいほどの笑み(とはいえ、そう大きくはない)を浮かべて尋ねた。

「友達の家の鍵を預かってるの。今は海外に行っていてね。時々、見てきて欲しいって頼まれてるんだ」

嘘がすらすら出てきた。

「そんなところ、使っていいの」

「大丈夫、ちゃんと片づけておけばわかりゃしない」

引っ越した時には最低限の家具だけということで布団とテレビを持ち込んだ。その後「腰痛があるから」と理由をつけて、生保でベッドも買ってもらったはずだった。ヤスは家事も掃除も下手だが、まだ住んでから日が浅く、荷物も少ないことから部屋はそう汚れていない。男を連れ込んでもぎりぎりＯＫだと思った。

高柳に指図して祖母のマンションの近くまで連れて行き、近所の小学校の脇に車を止めさせた。

「大きな声出さないで。近所にうるさい大家がいるから」

マンションの入り口でそう言うと高柳は唾を呑み込むような表情でうなずいた。幸い、部屋まで誰にも会わずにたどり着いた。まあ、部屋の大半は近隣や東京に通う学生かＯＬなどで、普段も人影がないマンションだ。

しかし、祖母によれば生活保護を受けているというのはどこからともなく伝わっているようで、周囲の視線は心なしか厳しいらしい。

それが真実なのか、彼女の負い目からくる思い込みなのかはまだわからない。学生たちが、ひっそり住まう老婆にそこまで関心があるとは思えないし、いったいどこから広まるというのだろう。

そんなことを考えながら、それでも警戒するに越したことはない、とそっと玄関のドアに鍵を差し込む。

高柳は藍の後ろで、物めずらしそうにきょろきょろと周囲を見回している。なんだか、その様子が妙に腹立たしかった。

見せ物じゃねえんだよ、という言葉を腹の中でつぶやく。貧乏人の暮らしがそこまでめずらしいか。そんな八つ当たりが心に浮かぶ。

「さあ、入って」

しかし、気持ちとは裏腹に小さくささやいただけだった。彼は素直に藍のあとについてきた。

部屋に入って電気をつける。思った通り、室内は意外と片づいている。奥の窓際に新しいベッド、その上に布団が敷かれていた。祖母は布団もベッドと一緒に新調してもらったそうだ。まったく、生活保護さまさまだと思った。部屋の真ん中に机代わりのこたつと座椅子、さらに小さなテレビだけが目に付く家具だった。まるで上京したての学生の部屋のようにも見えた。

しかし、そこには紛れもなく祖母の臭いがした。祖母の化粧品の臭い、どこかお香臭い、粉っぽい臭い。仏壇もないし、香をたくような趣味もないはずなのに。いや、これは年寄りの体臭なのか。年老いた女が必ず漂わせるこの臭い。

高柳に嗅がせたくなかった。これが祖母の部屋だと気づかれたくなかったたし、これからセックスをする男に老いというものを少しだって感じられたくなかった。

「男子学生みたいな部屋だな」

しかし、知らずにいればそれと気づかないのか、彼は無頓着にそんな感想を述べた。

「本当に藍ちゃんの友達の部屋?」

藍は無言で電気を消した。え、と小さな声を上げた高柳の首に腕を巻き付けて、唇に口をつけてふさぐ。二人そろってどさりと床に倒れた。

「しー」

暗闇で人差し指をたてた。声もそうだが、振動で下の住人に苦情を言われるようなことは避けたかった。

「了解」

いつもと違う手順にどこか喜びを感じたのか、彼はうっすら笑った。外の街灯の光がカーテン越しに入ってくるので、目が慣れてくると彼の表情も体もはっきりと見えるようになった。

もう慣れた手順だった。高柳がキスしながら右手で藍の胸をもみ、彼の唇が離れると、もうたまらないといったふうにあえぎ、その声を合図に彼の手が下をまさぐってパンツかスカートかその時着ているものを脱がす。一様に彼は上半身はそのままで下を先に脱がすのが好きだった。どうせ、しばらくしたらどっちも脱ぐのだが、どうしてか、そこだけはいつも同じだった。

下半身がすっぽんぽんになったところで、高柳は藍のブラウスに手をかけた。首元にリボンがある、ボウタイのデザインで、実は美代子から借りてきた服だった。藍がなかなか新しいものが買えないと嘆いていたら気前よく貸してくれたのだ。

服の貸し借りなんて、まるで親友か姉妹のようだ、と藍は高柳の胸に唇を這わせながら思った。美代子はそのどちらかのような関係と言っていいのだろうか。どうしても、そういう言葉ではかれる関係とは思えない……次は自分が何か貸さなければならない。とはいえ、美代子はほとんど外出しないからそういう機会もないわけだけど。

「……んか考えてる？」

高柳が急に口を開いた。

「え」

確かに美代子のことを考えていた藍はちょっと驚いた。

「別に。どうして」

「いや、なんとなく」

高柳はなかなか観察力がある、意外とこちらを気にしているのだろうか、と考えて、いや違う、いつもならこのあたりでもう少し声を上げているのに、それをしなかったからだ、と気がついた。

自分たちも時には別のことをしなければ、さすがにまずいのではないか。急に身を起こすと彼の上に馬乗りになってみた。

「あれ?」

喜ぶかと思ったのに、彼は間抜けな声を上げただけだった。

「どうしちゃったの」

「いや」

なんだか、気持ちが萎《な》えて、どさりと彼の体に身をなげた。

その時だった。

とん、とん、とん、とん、とん。

小さいけれどどするどい音でドアをノックされた。

思わず、ひっという声が出て、高柳の胸にしがみついた。おそるおそる胸から顔を上げて彼の顔を見る。向こうも驚いている。なに、と彼が言おうとするのを察して、口に手を当てる。

とん、とん、とん。

「北沢さん、北沢ヤスさん、いらっしゃいませんか。ケースワーカーの三谷《みたに》です」

ある程度歳のいった女の声だとわかった。

「北沢さん、いないんですか?」

だれ、と藍の手のひらの下で彼が唇を動かしているのを感じた。首を振ってみせた。

「北沢さん？」

高柳の目を見ながら、じっと息をひそめていた。彼の目には最初の驚きから、どこか戸惑いや疑いに変化した色が浮かんでいた。藍はそれをどうすることもできずに見守っている。

とんとんとんとん。ドアを叩く音は性急にテンポを上げた。

「北沢さん！　本当にいないの？」

どうして彼女はいつまでも叩き続け、尋ね続けるのか。ここに誰かいるという確信でもあるのか。

電気は消えている。エアコンもこたつもつけていない。ただ、台所の小型冷蔵庫のモーターのうなりだけが低く響く。さっきまでまるで気にならなかったのに。

彼女のような仕事の人には何か、一般人にはない第六感のようなものがあって、こちらが息をひそめているのがわかるのかもしれない。こういう家を何年も何軒も回っているのだろうから。

短い時間のはずなのに、ずいぶんと長く感じた。

しかし、最初と同じように唐突にノックの音はやみ、小さな足音とともに彼女は去っていった。

藍は思わず笑った。緊張から解き放たれた、一連の出来事を笑いに変えてしまいたいという気持ちもあった。けれど、高柳は一緒に笑ってはくれなかった。

「今の、何よ？」

藍の笑いが引っ込むほど真剣な声だった。

「さあ、わかんない」

「わからないって、友達の部屋でしょう」

「友達だって、わかんないものはわかんないよ」

「じゃあ、出てみればよかったのに」

「だって、なんて言うの」

「そのまま。友達の部屋の見回りを頼まれたって言えばいいじゃない」

「そうかな」

取るに足らないことだと言わんばかりに藍は肩をすくめてみせた。

「なんで、出なかったのか、よくわからない」

「あなたがそんなに気にする理由の方がわからない」

高柳は起きあがって、すでに脱いでいた服を乱暴に身につけ始めた。

「たいしたことじゃないなら、よけい応えたらよかったのに」

「知らないし、面倒だし」

「あの人、ケースワーカーだって言ってたよね」

そこはちゃんと聞いていたのか。さっき高柳がしたように、藍も舌打ちしたくなった。

「そうだった？」

「ケースワーカーって？　ここの人、そういうのに関わってる人なの？　どういう友達なの？　海外に行くならそこそこ若いんだよね」

「だから、知らないって」

なんで、執拗に彼が尋ねるのかわからなかった。彼も何か不穏なものを感じたのかもしれない。

服を着ると、彼はやっと尋ねるのをやめた。セックスの続きをする気はさらさらないらしく、こたつの脇に座り片肘をついた。

「もうしないの」

藍も起きあがってのろのろと服を身につけた。藍の結婚前の名字が北沢だということは言ってあるんだっけ、と考えた。

「藍って、そういうところ、あるよね」

「……どういう意味？」

「なんか底知れないっていうか……」

「ミステリアス？　過去のある女？」

少しでも明るい雰囲気にしたくて、雑《ま》ぜっ返した。けれど、高柳はもちろん笑わないし、乗ってこない。

「そういうんじゃなくて、底知れない品の悪さ、というか」

「え」

なんてひどいことを言うのか、と驚きの方が先にきた。品が悪いとはっきり面と向かって言われたのは、人生で初めての経験だった。元夫の両親でさえ、そこまでは口にしなかった。

「関わったら、ずうっと下に堕ちていってしまいそうな。いや、堕ちるっていっても、不倫とかそういう堕ちるじゃなくてさ」

さすがに高柳は言葉を選んでいるのか、目を泳がせた。けれど、次に出たのはさらに辛辣な言葉だった。

「自分もまたお前のランク……いや、君の階層に堕ちるっていうの？　大学も出ているし、頭もいいのに、その後ろには俺たちとは全然違う、何かがある」

それって、もしかして、藍の夫も同じことを考えたのだろうか。この女と一緒にいたら、ただ堕ちるばかりだと怖れて、子供と一緒に逃げたのか。藍の後ろにある、下層の影に怯《おび》えたのか。それにしても、俺たちの「たち」ってなんなのか。

「たぶん、独身時代、藍と知り合っても……すごく惹かれただろうけど、結婚はしなかったこともそれを無意識に使っていることも。

「たち」が高柳たち夫婦のことだとわかった。それで、
もうこの男とは二度と会わないんだろうか、と思いながらストッキングをはいた。それを決めたのは藍ではなくて、高柳の方だった。二度と会わないと決めたから、本心を言ったのだろう。しかし、ここは自分がそう決めたことにしたかった。

「別れたいんだけど」

最寄りの駅まで送ってもらい、車を降りる時に藍は言った。高柳はちらりとこちらを見た。冷めた目だった。

「いいよ」

今さら何を言っているのだ、という顔だった。

この間の高柳と若い女のＬＩＮＥのやりとりは、絶対、高柳の妻に見せてやろうと心に誓った。

帰宅して居間に横になっている母親を見たら、さらにむかむかと、体の中の血がたぎるように腹が立ってきた。

本来なら、今、家には誰もいないはずの時間だった。もう愛してもいない男だったが、

あんな別れ方をしたあと、電車に揺られ、駅から十五分かけて歩いてくるのはつらかった。早く一人になりたかった。なのに、風邪を引いた祖母はともかく、仕事に行っているはずの母がどうしてここにいるのか。

祖母は二階で寝ているらしい。どうせ顔を合わせたら喧嘩になるから、お互いに回避したのかもしれない。

「何してんだよ」

孝子の頭のすぐ脇に立って、それを見下ろした。藍の足下に孝子の頭がある。それを蹴り上げたら、どれだけすっきりするだろうと思った。

「ああ?」

「あ」に「゛」がついているような声を出して、母は半目を開けた。

「仕事は?」

どうも酔っているらしい。仕事場で酔わされ、早々に家に帰ってきたのならまだ許せた。

「今、何時?」

孝子は腹を掻きながら、逆に尋ねてきた。

「九時だよ」

「あー」

「あー、じゃないよ、仕事は？」

「んー」

目をつぶってうなる。

「仕事は？」

「行くの忘れた」

「どういう意味」

「昼ご飯に酒飲んで、そのまま寝ちゃった」

台所に行くと、テーブルに「ストロングゼロ」の五百ミリ缶が三つ、半ばひしゃげた形で載っていた。

「これ、一人で飲んだの！」

風邪の祖母が飲んだわけじゃないだろうと思いながらも、一応尋ねる。

「当たり前だろ。ばばあと一緒に飲むわけないじゃん、馬鹿か」

「お祖母ちゃんは？」

「知らねえよ、寝てんだろ」

「お粥《かゆ》くらい、作ってやらなかったの？　家にいたのに」

「そんなに心配なら、お前が家にいてやればいいじゃん。どうせ、男と会ってたくせに」

真実だから、よけい腹が立った。

まだ、ぼりぼりと自分の体を指の爪でかいている母の前に正座する。目をそちらに向けたまま、スマートフォンを出して耳に当てた。

「ああ、みよちゃん？　うちに来てくれる？　今すぐ」

なに？　何よ、なんで美代子を呼ぶのよ、と言っている女を尻目に立ち上がり、テーブルの缶を片づけているとチャイムが鳴った。

玄関に、美代子を迎えた。

「どうしたの、藍ちゃん」

急な呼び出しに、明らかに驚いている美代子に言った。

「沈めてやる」

「え？」

「あの女も、生保に沈めてやるんだ」

藍の言葉に、美代子もにやりと笑った。すぐに意味はわかったらしかった。

「やるのね」

「うん」

「そこまで藍ちゃんの覚悟ができてるならさ、確実にできる方がいいんじゃないかしら」

「軽い、身障者にするとか。ちょっと殴るとかすれば簡単にできるわよ」

「どうするの？」

あ、と声が出た。まだそこまでの覚悟はできていなかったが、ひるんだのを気がつかれたくなくて、「いいね」と答えた。

二人でそろって居間に入っていった。

「こんにちは、おばさん」

「ああ？」

また、くぐもった声で孝子は答えた。藍は、ぱちんと電気をつける。

「まぶしいよ」

孝子は薄い掛け布団に頭を入れた。

藍は容赦なく、それをはぎ取った。

「何すんだよ、寒いじゃないか」

「話がある。私とみよちゃんから」

「そのままでいいですから」

美代子が表面上はにこにこと微笑みながら藍をたしなめた。

「ほら、藍ちゃん、お母さんに布団掛けてあげなよ。風邪引いちゃうじゃん」

仕方なく、持ち上げていた布団をどさりと母親の体に落とした。

「……あんたも生活保護を受けなよ」

単刀直入に言った。

「はあ?」

「どうせ、年金も払ってないし、健康保険にも入ってないんだろ。適当に精神病でも詐称して、保護を受ければいいじゃん」

孝子はやっと起きあがり、立て膝をついた。近くに置いてあった小さなハンドバッグを引き寄せてたばこを出し、火をつけた。そう言えば、この人はいつも小さなバッグを持っているな、と藍は思った。この人が大きなバッグを持っていたのを見たことがない。子供が小さい時、つまり藍が小さかった時もマザーズバッグを持ったりしなかったんだろうか。しかし、藍にさえ、母が大きなトートバッグを持っている姿など想像できない。

「なんであたしが生活保護なんて受けるんだよ」

たばこの煙を吐き出しながら、言う。

「そうすれば、今よりお金もらえるし、昼間から酒飲んでる人にはお似合いだよ」

「まあちょっと、藍ちゃん」

美代子がもみ手をしていたらぴったりの口調で割って入った。

「そんな、急に言われても、お母さんだって驚きますよねえ」

「あたしはあんたのお母さんじゃないよ」

ぴしゃりとした口調で、孝子は言った。

「ごめんなさい。藍ちゃんのお母さん、というのをつい省略しちゃいました」

しかし、美代子は何も感じていないような、けろりとした表情だった。

美代子が言っていた商売、老人に生保を受けさせるというの、案外、合ってるかもしれない、と藍は思った。こんなふうに右から左に受け流すのも才能だ。

「藍ちゃんと私、ずっと話し合ってきたんですよ。おばさんや藍ちゃんのお祖母ちゃんが楽に暮らせる方法を。お年を召しても老後の不安なく、やっていけるように」

孝子は美代子の言葉をほとんど聞いてないみたいだった。たばこを右手に持ってくわえながら、上目遣いにじっと藍の顔を見ている。

「おばさんはまだ若いけど、もうあと何年かしたら六十過ぎで一応、高齢者の部類に入りますからねえ。今から準備しておくのも悪くないいんじゃないかと」

「……そういうことか」

孝子が藍をにらんだまま、たばこをくわえた口元から絞り出すように言った。

「あんたらが最近、こそこそ会って話してたのはそういうことか。親を生保に堕として、自分たちは逃げるつもりか」

「だとしたら、なんなのよ！」

口を開くと、これまでの不満――子供の頃から今までの、すべての不満と不安が噴き出した。

「私はあんたの面倒なんか見ない！　年金も健康保険もないような年寄りのために一生働くなんて、まっぴら」

「お前、親に向かって」

「親？　親らしいことしてくれたことある？　お祖母ちゃんに押しつけて男漁りしてただけじゃん。私、何度、お祖母ちゃんに押入れに閉じ込められたか。どんなに泣いても、お母さんが帰ってきてくれたのは一度だけ。大学だって、私は自分のお金で行ったんだよ。高校時代だってアルバイトして家に金を入れてた。あんたに、親の面倒を見ろなんて言われる筋合いはない。一つぐらい、私のためになることしてくれてもいいんじゃないの？　生活保護に入るくらい、どうってことないでしょ」

母がめずらしく少しひるんだ。視線をすっとそらされた。

「生活保護は嫌だ」

「なんで？」

「……生活保護なんて受けたら、男と付き合えない。受けてるなんて知られたら、良幸《よしゆき》に嫌われる」

よしゆきって誰だよ、と言う声は出なかった。母が少しはにかんで、恥ずかしそうにうつむいたからだった。

それを見たら、またむかむかと腹が立ってきた。こっちは愛も恋もなしに、つまんない男と寝ていただけで、それさえ今夜、向こうにさげすまれて終わったのに、なんで、そろそろ六十に手が届く女が恋をしているのか。そして、いつもいつも、その優先順位は男の方が先なのか。自分、男、金、見栄……そして、やっと藍。

その時、気がついた。それは藍と一緒だ。ちゃんとこの母親に大切にされなかったから、自分もできないんだ。先ほど、高柳から言われた言葉が嫌でも頭に浮かぶ。

「君の階層に堕ちていく」。

いや、こんな女に影響されてなんかいない。されてたまるものか。

「あんた……」

気がつくと、母親の横っ面《つら》を平手打ちにしていた。パチン、といい音が鳴る。気持ちがすうっと楽になった。

「何すんだよ！」

だから怒鳴られてもひるむこともなく、さらに飛びかかることができた。

「やだ、何」

小さな声を上げた体に馬乗りになり、細い首に手をかけた。母の首の皮膚は案外柔らかかった。しかし、それは若さの柔らかさではなく、老いの柔らかさだった。

こんな女が男と愛し合っているなんて。

ぐっと手に力を入れると、うえっという声が母の唇から出て、顔が一回り大きくふくらんだ。頸骨は弱々しく、簡単に絞めたり折ったりできそうだった。その骨の名前を知ったのは、老人をミイラにしたからだ。解剖学の本で読んだ。

まったく、知識というものは万に一つの無駄もない。

急に、後ろから笑い声が聞こえた。それは本当に、心からおかしそうに、ころころとまさに鈴を転がすような音で響いた。

「そっくり！　やっぱり、そっくり！　娘が親を殺そうとするなんて、やっぱり、蛙の子は蛙だねえ。やっぱり、藍ちゃんは孝子さんの子なんだねえ。お母さんと同じことしてるよ」

美代子は止めず、さらに身をのけぞらして笑っていた。自然に手の力が抜けた。その隙に孝子が藍の体をはねのけた。

「お前、何を」

「みよちゃん、行くよ」

「なんだ、やめちゃうの？」

「死んだら生保も取れないから」

藍は、げほげほと盛大に咳をしている母を気にも留めなかった。そのまま部屋を出た。

「お邪魔しましたあ」

美代子はすまして孝子に会釈すると、藍のあとに続いた。

「これから、どうするの？」

家の玄関を後ろ手で閉めると、美代子が尋ねた。

「爺さんを探さなくちゃ」

「え」

「本気で、みよちゃんのために探さなくちゃ」

そうだ。この国が、介護し続けてきた美代子や、子供を引き取りたい藍にお金を渡さないなら、うつ病を詐称しないとお金をくれないくらいなら、この国が老人にしかお金を渡さないと決めているなら、藍たちがそこからわずかばかりもらってどこが悪いのだろうか。

「うん」

めずらしく、美代子がおずおずとうなずいた。

今、自分の目は恐ろしいほど据わっているのだろう、と思った。

＊　＊　＊

男を見つけたのは結局、偶然だった。

風邪が治って マンションに戻った祖母の様子を見に行くため、午前中、自転車を隣町へと走らせている途中だった。

ワンルームマンションへ急ぐ道のり、大通りから細い道に入ったところに彼はいた。

最初は後ろ姿しか見えなかったが、藍にはぴんときた。

老人だ。道に迷っている老人だ。

肩のあたりを見ただけで、彼が不安そうなのがわかる。

角のところで自転車をそっと降り、車輪止めを音がしないようにかけた。

なんだか、蝶かトンボでも捕まえる時のように、音を立てたり、気配をさとられたりしたらいけないような気がしていた。

離れたところからじっくり距離を詰めていく。

そんなに気をつけて近づいたのに、手を伸ばせば触れそうなところで彼は藍に気づいて振り返った。

ちょっと驚いたが、怖がらせないようにできるだけ優しく微笑んだ。

「どうされましたか？　どうしましたか？」

「……わたしはどこに行ったらええんでしょうね」

心の中がぱあっと明るくなった。やっぱり、これだ。これこそ、噂に聞く、そして、
藍と美代子がずっと待ち望んでいた、徘徊老人だった。

「どこに行くか、わからないんですか」

「……はい」

「どちらからいらしたんですか？」

老人は首を曲げて、しばらく考える。

「向こうの方から」

大通りの方を指さす。

「どのくらい歩いてこられましたか？　家を出てから」

彼はまたさらに首を曲げた。

「……結構、たくさん歩きました」

「何か、名前か住所かわかるもの、ありませんか」

しかし、彼は手ぶらだった。本当に困った顔をする。

「いいんですよ、大丈夫です」

「でも、どこに行ったらええんでしょうね」

「どこでも行けますよ。どこにでも、お連れします」

ふっと出てしまった言葉だった。

あなたはどこにでも行ける。そして、私も。

いや、いったいなんでこんなことを言ってしまったんだろう。藍たちは、本当はもうどこにも行けないのに。

「でも、どこに行ったらええのか、わからんのですよ」

藍の内心も知らず、老人は素直に頭をかしげている。

「大丈夫です」

間髪容れず、さらに深くうなずいてみせた。

「じゃあ、どこに行ったらいいか、考えてみましょうか。一緒に」

老人は素直に、こっくりとした。

「どこにでもお連れします。だけど、まずはうちに来ませんか。うちで考えてみませんか」

藍は老人の手を取った。知らない男の、それも老人の手を握るということの嫌悪感はまったくなかった。だって、これは美代子のため、お金のためなのだから。

*

*

*

本当にやめちゃうの。

肉屋のパートをやめる時、止めてくれたのは店長だけだった。

「いろいろ迷惑かけちゃうので」

老人が来てからしばらくばたばたとした日々が続き、遅刻や無断欠勤を続けてしまった。さまざまな言い訳をしたが、熊倉は前のように気楽に話しかけてはくれなくなり、藍も最後にはすべてが面倒になって、何も言わず、行くのをやめた。

店長の金村からの電話はずっと無視した。けれど、「ちょっと寄ってくれたら、今月働いてくれた分だけは渡すよ」と留守電に入っていて、数千円欲しさに店に立ち寄った。

「北沢さんはよく働いてくれてたのに」

指定通り、裏口から顔をのぞかせると、他の人には見えないように、彼は外まで出てきてくれた。

「なんかあったの」

「家庭のことで、ちょっと」

そう言ってあげるのが、礼儀のような気がした。

その「よく働いていた」北沢さんを、藍はもう遠くにしか思い出せなかった。

帰り道、商店街の入り口の掲示板に貼り紙がしてあるのに気がついた。頭をひねるようにしてそれを読んだ。

「うちのお祖父ちゃん、知りませんか」

身長や体重、失踪時の服装などとともに、そこにあるのは、大きな柴犬を抱いて微笑む老人の写真だった。

藍は最後まで読まずに歩き出した。

写真の中の幸福そうなその人が、美代子の家にいる人なのか、藍にはよくわからなかった。

あの人とは、ぜんぜん似ていないから別人だろう、と思った。

6

おねえさーん、おねえさーん。

遠くの方で、間の抜けた呼び声がする。

おねえさーん、どこにいるんですかあ。

ああ、面倒くさい、と思いながら、藍が起きあがろうとすると、いいよ、藍ちゃん、という声がして、美代子が布団の上から押さえた。

「でも、みよちゃん、昨日も遅かったでしょ。夜中のトイレ介助に起きてくれたじゃん」

「大丈夫、私は慣れてる。ずっと一人でやってきたんだから」

そう言って、立ち上がった美代子は盛大なくしゃみを続けざまにした。

思わず、くつくつと布団の中で笑ってしまう。五月になってゴールデンウィークも明けたというのに、美代子は花粉症の名残なのか、風邪なのか、ずっと同じような症状が続いている。

時計を見るとまだ九時前だった。もう少し寝ようと目をつぶる。このところ、十時前に起きたことはない。時には昼過ぎまで眠っている。

こんなことは今までなかった。子供の時も、一人暮らしをしている時も、結婚してからも、親になってからも、出戻ってからも。

こんなふうに自分を甘やかしてくれる人はいなかった。

おねえさんじゃないよ、美代子って呼んでくれていいんだよ、ていうか、みよこって呼べって何度も言ってるじゃんか。

やっぱり、遠くで美代子の声がする。少し苛立《いらだ》っているようだ。

藍が拾ってきた男、ななしさんが家に来てからすでに二ヶ月近くになる。

「少し、元気すぎる」というのが美代子の最初の見立てだったが、今のところ、彼は前の「お祖父ちゃん」がいた部屋に住んでいる。まだ、寝たきりにはなってない。夜はトイレに起こさないと時々粗相するし、一人で出歩かせるわけにはいかないから、いつも誰かが見張らなければならない。時には一日に何度も「ご飯を食べたい」とごねることもあった。

「今ぐらいが一番厄介な時期なのよ、目も離せないし。もう少しで寝たきりになったらなったで楽になるんだけどね」

大丈夫、一人でやるから、と二言目には言う美代子だったが、時々、目の下に隈《くま》を作っていることもあり、藍も二、三日に一回はこの家に泊まりに来る。

しかし、結局、食事以外はろくな手伝いはできない。それでも、藍がご飯を作り、一緒に食べるだけで「ものすごく楽だし、幸せ」と彼女は言う。

お昼、何作ろうかな、と布団の中で考える。

三玉百円の焼きそば麺を買ってあった。一玉は母の孝子のために実家の冷蔵庫に置いてきた。やる気があれば、自分で作るだろう。

この家の冷蔵庫には、キャベツと使いかけのモヤシ、買い置きの人参、切り落としの豚肉があるはずだからソース焼きそばにしようか。それとも、麺を焼き固めて、野菜と肉で中華あんを作り、あんかけ焼きそばにすれば少し豪華に見えるかも……。

藍は今、生活保護を受けるべく、時々、前とは別の心療内科に通っている。手持ちの金がなくなったら、申請するつもりだ。

そう決めたら、なんだか、急にいろんなことが楽になった。人間、堕ちきると楽になるらしい。実家の家賃では生活保護を受けられないかもしれないし、母との同居も嫌になってきたので、そろそろ近所にアパートを探さないと、とぼんやりと考える。でも、そんなのはいつでもいい。藍には今、予定とか計画とか、そういうものが何もない。

「昔さあ、小学校に行く坂道を降りたところの角に、エレクトーン教室あったの、覚えてる？」

トイレ介助を終え、洗面所で手を洗って戻ってきた美代子は、部屋に入ってきながら、そう言った。

「……あったっけ」

「あった、あった、私、三ヶ月くらい通ったもの。すぐ飽きてやめたけど」

そう言いながら、彼女はへへへへ、と笑う。

「あそこに一人娘いたでしょ」

「いたっけ」

「いたよ。ほら、たいして美人じゃないけど、まあまあ美人なのを鼻にかけている嫌な女」

美人なのか美人じゃないのか、どっちだよ、と藍も布団の中でお腹を小さく揺らした。

「音楽の短大まで出て、どこかいいとこのサラリーマンと結婚したけど、すぐに出戻ってきたんだよ。今じゃ、実家の教室ついでるけど、子供が少ないから大変みたい」

「ふーん」

美代子とは昔話と噂話をする。子供の頃の話、小学校の時の話、誰かの悪口。というか、他に話すことがない。でも、それをしていれば時間は過ぎていく。

「ねえ、孝子さんのこと、どうするの？」

「……まあ、私が生活保護をもらえるようになったら、それでいいかな、って。あの人はどうせ、適当に生きていくでしょ」

どうでもいい、なんでもいい、と自分が思っていることがうまく伝わって欲しい、と思いながら藍は用心深く言った。

「そう。藍ちゃんがそれならそれでいいけど」

美代子は少し不満そうだった。

「どうせそのうち、男のところへ行くよ。そういう人だもん。昔から」

そうだった。でも、美代子の母親と違うのは、孝子はなぜかいつかは必ず、ここに戻ってくることだ。

でも、それを彼女に言うことはできない。

あの日の一時の激情が収まったあとでは、孝子を傷つける気はなくなってしまった。

しかし、孝子に父親を取られ、母親が出て行って介護を押しつけられた、と思っている美代子に、その感情をさとられたくなかった。

玄関のチャイムが鳴った。

この家ではめずらしい。思わず、二人で顔を見合わす。

「なんだろ」

「宅配便?」

「そんなの来る予定ないけど」

はあい、と美代子が立とうともせずに答える。

すぐにどんどんどん、とドアを拳で叩く音に切り替わった。

「何、慌ててんの」

「慌てたって、いいことないのに」

あはははは、と藍は声を上げて笑う。孝子のことを吹き飛ばしたかった。

「本当にねえ」

「私、出ようか」

藍は身を起こした。最近はいつもジャージを着てきて、部屋着兼寝間着にしている。中学時代のジャージが実家の自分の部屋から出てきたのだ。

その間も、ドアを叩く音は続く。

はあい、と、藍が間抜けた声で答えると、美代子もさらに笑う。ころころとした笑い声だった。藍はその声が好きだ。

仕方ないな、と言って、藍が玄関に向かった。木の廊下はまだ少し冷たい。足が着く場所が最小限となるように、つま先立ちになった。

「馬場さーん、馬場さーん！」

野太い、男の声がした。

ふっと一瞬、ほんの一瞬だが、藍は嫌な予感がした。それを振り切るように、はあい、と大きな声を出す。

自分の声に、ドアの外が静まり返ったような気がした。

「どなたですか」

尋ねたのと、鍵を開けたのが、ほぼ一緒だった。

藍がドアを開けたとたん、男がぐっと体を差し入れてきた。

「馬場美代子さん？　あ、馬場美代子さん、いる？」

ドアの外には二人の男がいた。大きい男と小さい男。

彼らには藍が美代子でないのがすでにわかっているようだった。

「えーと、あなたは？」

有無を言わさぬ、答えるのが前提の口調で聞かれた。

「……藍です。北沢藍」

彼らはじりじりと体を入れている面積を増やして、小さい男はほとんど玄関の中に入ってきた。それに合わせるように、藍は体を引いてしまう。

「あ、隣の人か。馬場美代子さん、いる？　警察だけど」

それを言われる前に、藍には相手が誰かわかっていた気がした。男がドアを開ける前から、わかっていた気さえした。

「この家に、杉田誉士男《すぎたよしお》さんって人いる？」

藍は、すぐに「いません」と答えた。けれど、「いません」の「せん」を口にする頃、気がついた。

あの男、今、この家の三畳間に閉じ込められている、みよちゃんの、今の「お祖父ちゃん」が杉田誉士男なのだ、と。

「どちら様ですか」

後ろから美代子の声がした。心の中で「みよちゃん、駄目。来ないで」と思ったけれど、もう遅かったし、どうしようもないのはわかっていた。振り返れなかった。ここで振り返るのが自然なのか、振り返らない方が普通なのか、よくわからなかった。ドアにかけた手が冷たくなっていた。

「ああ、あなたが、馬場美代子さん？」

警察の小さい方が尋ねた。大きい方は半歩ほど後ろにいる。

「は……い」

二人の男は顔を見合わせた。そのあと、やはり小さい方が口を開いた。

「あのね、この家に、杉田誉士男さん、いる？」

「いえ、あの」

「実はさ、杉田さんて人の親族の方がね、お祖父ちゃんがいなくなって方々を探したんだけど、いろいろ調べて、女の人とタクシーでこのあたりに降りたらしいことがわかってるの」

「そうですか」

そこで藍はやっと首をねじって、美代子を見た。彼女は無表情だった。それが内心を押し隠すためなのか、思いがけないことを言われて驚いている顔なのか、何より、こういう場合の女の顔として正解なのか、わからなかった。

「そうなの。ご家族ね、すごく心配されててね、いろんなところ探して、女の人と国道十六号を歩いてたって情報から、あのあたりのタクシー会社すべてに問い合わせをしたんだって。そしたら、その日、タクシーで女と老人を乗せたっていうのは何件かしかなくてね、そのうちの一件がここなのよ」

「……うちにはお祖父ちゃんがいますが、それはうちのお祖父ちゃんですから」

そこで、美代子はちょっと笑った。あまりにもおかしなことを言われて、つい笑ってしまったというような表情だった。

「うちのお祖父ちゃんしかいるはずはないですよね」

さらに、口に手を当てて、顔をのけぞらして笑った。

「お祖父ちゃん、手が掛かるんですよ。うちのが一人いれば十分ですよ」

美代子は藍よりずっと演技がうまかった。

「だよね、だけどね、一度、確認させてもらえる？　ご家族がね、ここまで一生懸命探しているのを、私らとしてもそう邪険にできないわけ。お年寄りがいる家ならなおのこと、お気持ちはわかるでしょ」

彼らは意外なほど優しく、ざっくばらんだった。

「祖父は今、寝ているので」

「ああ、寝ていてもかまいませんから」

「でも、だらしない格好だし、オムツもしてるし」

「いや、一目、見られればいいから」

「じゃあ、明日にしてください。今、起こすのはかわいそうだから」

「起こさなくていいんですよ、私たちは部屋の外からでもちょっと見せてもらえれば」

「でも」

すると、半歩下がっていた大きな男が急に声を出した。

「あのね、お嬢さん、私たちこのまま帰ることもできるんですよ。でも、そうなると、今度はいろいろ礼状を取ってね、お宅のことを捜索したり、お宅のことも署に来てもらって調べたりしなきゃならないの。そんなことなら、ちょっと見せてもらった方が早いでしょ」

藍と美代子はそこで初めて目を合わせた。

どうしたらいい？　どうしたらいい？　藍ちゃん。

美代子の目はそう言っていた。

藍は、どうすることもできず、何も思いつかなくて、目をそらしてしまった。

それが合図のように、警察の二人は入ってきた。

「じゃあ、失礼しますよ」

「あああ、やめてください。お祖父ちゃん、寝てるんだから、驚かさないでください。かわいそうでしょ！」

そう怒鳴っている、美代子の声が背中に聞こえた。

そして、四畳半に隠していた杉田誉士男こと、あの老人が見つかってしまったのだった。


美代子は任意で事情を聞きたいと言われて、そのまま警察に連れて行かれた。

「あなた、もしかして同居しているの？　だったら、一緒に来て」

胡散臭そうに彼らに言われて、藍は首を横に振ることしかできなかった。

美代子が大声で叫んだ。

「藍ちゃんは違う！　ただの隣の人。何も知らないんだから！」

男たちは迷うように顔を見合わせた。その、ほんのわずかな時間をぬって、藍と美代子はもう一度、目を合わせた。美代子がごくごく小さく、顎先を震わせた。

それでわかった。

藍はこれから何も知らない、ということになるのだ、と。美代子は何も知らないと言えと言っているのだと。

「私は何もわかりません。ただ、隣に住んでて、今日は遊びに来ただけで」

「じゃあ、またそのうちに話を聞くから、遠くには行かないでね」

美代子だけが警察の車に、老人とともに乗せられていった。

その日の夜、また藍の家の電話が鳴った。

二階にいた藍は、転げるようにして階下に降り、受話器をつかんだ。夜のベルは不吉な音がした。

「藍ちゃん？」

「みよちゃん！　どうしたの？」

しがみつくように受話器を握りしめた。

「深夜になったら、うちに来て」

「え」

「もしかしたら、表で警察が見張ってるかもしれないから気をつけて。携帯も使わないで」

「そんなの、どうやって行けばいいの？」

「裏を通ってきて」

「あ」

そこで電話は切れた。

裏というのは、大家の坪井家の敷地内の崖のことだった。

子供の頃、藍と美代子は、冒険やら散歩と称して時々そこで遊んだ。親たちや大家自身には厳しく止められている行為だったが、ビワや柿の木があり、シロツメクサを始めとしたたくさんの花が咲くそこは、子供の理想の遊び場だった。

藍は深夜になるのを待った。

夜中の一時を回った頃、藍は台所の窓、シンクの上の、普段なら空気の入れ替えくらいにしか使わない窓をそっと開けた。

そこをくぐり抜けるのは、小学校以来だった。食器用洗剤やスポンジを脇によけて窓枠に手をかける。藍が中学生になってから取り付けた、ガス湯沸かし器が窓にかかっていてじゃまだった。勝手口がない藍の家はここから出るしかないのだ。

そうだった。中学の頃、裏の崖に行かなくなったのは、藍の体が大きくなったり、興味が薄れたりしたばかりでなく、この湯沸かし器の存在があったからだ、と思い出した。

鉄棒に上がるように腕の力を使って窓を抜ける。あれからさらに成長しているはずの藍の体は、まずは腹が引っかかった。それはなんとか息を止めて引き出したものの、最後にがっちり骨盤が窓枠と湯沸かし器にはまってしまった。

やばい、と思う。体を斜めにしたり、ほとんどひっくり返るように縦にしてみたものの、どうしても抜けられない。

「何してんだよ」

後ろから声がして、息が止まるほど驚いた。もう少しで叫び声を上げるほどだった。

母の孝子だった。

頭をひねるが、お腹まで窓の外にある状態では彼女の表情は見えなかった。声も出せない。

「……出て行くのか」

頭を激しく振る。それは違うし、こんなところで母と騒ぎを起こしたくなかった。違う、というように足をばたつかせた。

「……美代子のとこに行くのか」

それを母がどう思うのか、わからなかった。反対されるのか、怒られるのか。とにかく、ここで大声を出されて、警察に伝わるのだけは困る。藍はただ、じっとすることしかできなかった。それが答えになった。

母が藍の足をつかんだのがわかった。驚いたのと怖かったので、足をばたつかせて振り払おうとした。

「力を抜いて、深呼吸しな。落ちないように持っててやるから」

思いの外《ほか》、静かな声だった。

藍は母の言う通り、息を吐いて脱力した。ゆっくりと確実に骨盤がじわじわと窓を通り抜けるのがわかった。それに合わせて孝子は手を離してくれた。藍はすべり落ちるように、外に降りた。

振り返ると、くわえタバコをした母が腕を組んでこちらを見ていた。月は明るく、部屋の中は暗くて、表情はよく見えなかった。あんなことをしたのに、こうして助けてくれる理由も。

どうして助けてくれるの。

藍は見えない闇に向かって、声を出さずに尋ねていた。

もちろん、答えは返ってこない。

しばらくして、声が聞こえた。

「貸しとく」

両手を合わせて、小さくお辞儀をした。

強《し》いて言えば、親娘だから、だろうか、と藍は考えた。けれど、それは、きっと自分が欲しい答えなのだ、ということもわかっていた。

藍は家の塀を上って大家の裏庭に入り、美代子の家の生け垣をまた上って敷地に入った。

勝手口に手をかけると、鍵はかかっていなかった。中に入って、ゆっくり閉める。

「藍ちゃん」

電気をつけない、暗い台所に美代子がいた。

「みよちゃん」

靴を脱ぐのももどかしく、藍は美代子の手を取った。

「よかった、来てくれて」

「大丈夫だった？」

いろんな意味を込めて尋ねた。

「駄目だよー」

美代子は笑いながら答えた。

「警察で根掘り葉掘り聞かれたよ。疲れちゃった」

「だよね。ごめん」

思わず、ため息をついてしまう。

「違うよ、大丈夫」

「え」

「駄目だけど、その中では大丈夫な方」

美代子は台所のテーブルのイスを勧めた。電気は消えたままだった。

「電気をつけると、目立つからね」

「うん」

腰かけると、また、改めて美代子を見た。少し頬のあたりなどに疲れの跡が見えたが、意外と表情は明るかった。

「時間ないから、すぐに話すね」

「うん」

「私、たぶん、逮捕されると思う」

「うそ」

それはもちろん、予想されていたことだった。それでも、藍はまだ一縷《いちる》の望みを捨てきれていなかった。

「お祖父ちゃんのこと、いろいろ聞かれた。適当に、他の親戚の家にいるとか、ごまかしたけど、たぶん、明日か明後日にはこの家を捜索されると思う。そして、あれがみつかったら、即逮捕かな」

そんなことを、美代子はさばさばと言った。

「遅くても、たぶん、二、三日中に」

「みよちゃん、私、どうしたら」

「いいの」

藍はテーブルの上に出ていた、美代子の手首のあたりをつかんだ。

「大丈夫」

美代子は藍の手を小さく叩いた。

「本当に大丈夫だから、藍ちゃん」

「でも」

「藍ちゃんも警察に呼ばれるかもしれない」

「うん」

「ごめんね。手、怪我してるじゃん」

慌てて見ると、手のひらにいくつかひっかき傷があり、血がにじんでいる。子供の頃のように、それをジーパンの尻に隠すようにして拭いた。

「大丈夫、こんなの。そんなことより、私も警察に行く」

「いいんだよ、藍ちゃん。藍ちゃんには子供がいる。私にはいないんだから」

「でもさ」

「とにかく、藍ちゃんは何も知らないってずっと言い張って。時々遊びにきてたけど、何も気がつかなかったって。そうじゃないと、今日の証言を私の方も変えることになる。そんなの面倒くさいし、余計疑われる」

「あれを処分したらどうだろう」

「あれってあれ?」

二人は二階を見つめた。

「無理だよ。四つもあるんだよ。外で警察も見張っているし」

藍は何か言いたかったけど、もう何を言ったらいいのかわからなかった。美代子に申し訳ないという気持ちはあったが、助かった、という気持ちもまた、心の中に確かにあることに気がついていた。

「ごめん、本当にごめん、みよちゃん」

涙がにじんだ。きれいにほろりと流れる涙でなく、目と鼻にじわじわとにじみ、鼻水でぐじゃぐじゃに顔が濡れる、汚い涙だった。

「いいんだって」

「でも」

正直、自分がどのくらいの罪になるのか、その見当はぜんぜんつかないのだった。だけど、助かったという気持ちのまたさらに裏のところに、本当のことを警察に白状して小さな罪で済めば、そちらの方が自分の気持ちがすっきりするのではないか、という下心もあるのだった。

「みよちゃん、私ね、本当のこと、話してもいいんだよ」

手の甲で鼻水を拭いながら言った言葉は、嘘ではなかった。

「いいの、藍ちゃん、本当にいいの。だって、藍ちゃんが自首したって、私の罪が軽くなるわけじゃないし。同じ罪を二人でかぶるなんて馬鹿らしいでしょう」

「でも」

「もしも、万が一、藍ちゃんがあれに関わっているってばれたら、とにかく、私に強要されたと言うこと。本当は嫌だったけど、子供のことを盾に取られて仕方なかった、ってね。それは本当なんだし」

「ごめん、本当にごめん。みよちゃん」

「それにね、私、一つ、言わなきゃならないことがある」

「何」

「これは絶対言わないといけないと思ってた。それで、こんな危険を犯して、藍ちゃんに来てもらったの」

「なんなのよ」

「前のお祖父ちゃん、藍ちゃんと私が上に乗っかっちゃったやつ」

「うん。びっくりしたね」

藍と美代子で一緒にミイラにした老人だ。それがなんだというのだろう。

「あの人、藍ちゃんが乗ったから死んだんじゃないんだよ」

「え」

藍は美代子のことをまじまじと見る。美代子は少し目をそらして、テーブルのあたりを見ていた。

「あの人、私が殺したの。朝になってもなかなか死なないから、私が首を絞めて殺した。柔らかい布でね、跡がつかないようにゆっくり」

藍はまた、声が出なくなった。

「苦しんでるし、痛がってるし、でも、病院には連れて行けないしさ」

「じゃあ、病院に行けば助かったのかも？」

「わかんない。でも絶対行けないし」

藍は鼻からゆっくり、息を吐いた。

「怒ってる？　藍ちゃん」

「……ううん」

「だから、いいんだよ。本当にいいの。私がやったんだから。私がちゃんと刑務所に行くから」

「でも、杉田さんの誘拐は私が」

二人の間で、名前で彼を呼んだのは初めてだった。それで、急に、いろいろなことが現実化したような気がした。これは夢じゃない。本当に起きた事件だし、美代子は逮捕されるのだ、と。

「それは、藍ちゃんは保護しようとしただけでしょ。家に住ませたのは私。だから、いいんだよ。罪悪感持たなくていいの」

「でもさ」

「あの人殺したの、藍ちゃんと一緒にいたかったからもあるんだよね。藍ちゃんが死なせたってことになれば、藍ちゃんは私に協力しなくちゃならないじゃん。私、一人じゃ寂しかったし。だから殺したの。藍ちゃんは気にしなくていいの」

美代子が、孝子の復讐をするため、藍をおとしいれようとしたなんて、浅はかで馬鹿な考えだった。彼女はもっともっと深くて、おかしかった。

「本当なの？」

やっとちゃんとした涙があふれてきた。

「しー」

美代子は人差し指を唇に当てた。藍の声が少しずつ大きくなっていたようだった。

「藍ちゃん、怒ってる？」

「……怒ってないよ」

ただ、悲しい。そんなことをせずにいられなかった美代子が悲しいだけだった。

その時、ふっと思いついた。あの日……美代子の祖父とされていた男の上に乗ってしまった日は、めずらしく美代子から呼び出された。あれもまた、美代子の策略だったのかもしれない。でも、そんなことはもうどうでもよかった。

「藍ちゃんが怒ってなければ、私はなんでもいいよ。もう、絶対、罪悪感なんて持たなくていいから、藍ちゃんは幸せになるんだよ」

「なれないよ」

「ちゃんと就職して、子供も引き取ってさ」

そんなことを今言われても、まったく現実味がない。子供と一緒の場所に、自分が戻れるとも思えなかった。

この数ヶ月で自分はぜんぜん違う場所に来てしまった。

そんな藍の気持ちを見通したように、美代子は言った。

「できるよ、それができるのが女じゃん」

「そうかな」

「藍ちゃんは、まだなんか私に悪いと思ってるみたいだけど、違うからね。私、なんかほっとしてるんだ」

「ほっとしてる？」

「刑務所に入ったら、どうやってご飯を食べるかとか考えなくていいじゃん。どうやってお金を儲けたらいいのかとか、なんの仕事をしたらいいのか、とか」

ああ、そういうことか。

藍は美代子の顔を見た。そうだ、美代子はずっとそればかりを考えてきたのだ。ただ、明日のご飯を食べるために、考えて考えて、そして、今みたいなおかしなことになってしまったのだ。

「これでもう、藍ちゃんに全部伝えたから、私はいいの。明日、全部、警察に話す。全部、正直に話す。藍ちゃんのこと以外。そして、たぶん、つかまる」

「うん」

藍がうなずくと、美代子は笑った。彼女はすっきりした顔をしていた。

「だから、藍ちゃんはしばらく別の場所に行ったらいい。明日になったら、家を出て、そのまま帰らない方がいいよ。お金あるんでしょ。どこか温泉にでも行ってきな」

「でも、警察に遠くに行くなって言われてるよ」

藍は泣きじゃくりながら言った。子供の頃、そうしていたように。

「じゃあ、都内のどっかのビジネスホテルにでも行ってな。刑事に携帯の番号は言ってあるんでしょ」

「うん」

「じゃあ、大丈夫だよ。明日の朝、何食わぬ顔をして家を出て、そのままどこかのホテルにいな。遠くに行くのが怖いなら町田でも横浜でもいいから。きっとしばらくマスコミとかすごくなるから」

美代子は藍の顔を両手で挟んだ。にっこり笑いかけて、小さく揺らした。

「ねえ、必ず、私の言った通りにして。絶対」

「わかった」

「約束だよ」

そこから、美代子は急に話を変えて、子供の頃のことを話し出した。裏の家、坪井家

の崖のところで見つけた、ねじり花やつくし。藍にいつも教えてくれていたと思ってい
たが、本当は一番いいのは最初、秘密にしていたこと、でも、数日経つと、藍が驚く顔
を見たくて、結局、全部見せてしまったこと……そんなことを話した。
一時間ほどして、藍は美代子に促され、また裏を使って台所から帰宅した。
美代子と会ったのは、それが最後となった。

そこからは怒濤《どとう》のようだった。
美代子の言葉通り、翌日には家宅捜索されたようだった。そして、二階からあれが見
つかると、彼女はすぐに逮捕された。
最初は死体損壊、死体遺棄の容疑で。
「神奈川県〇〇市の民家から、老人のミイラ化した死体四体と不明だった徘徊老人が見
つかった。現在、同居していた女性（40）に事情を聞いている」
それがテレビやネットニュースの第一報だった。
マスコミが押し掛けてくるまで、時間はかからなかった。美代子は猟奇的事件の関係
者として毎日報道された。
マスコミは連日このニュースで持ちきりだった。
藍はその様子を町田のチェーン系ホテルの、テレビで観ていた。

美代子の言いつけに従って、小さなバッグ一つで家を出て町田に向かい、カフェに入って ネットで適当なホテルを探して予約した。そして、町田の駅前のデパートでぶらぶら時間を潰したあと、チェックインした。

その後、十日ほどじっとそこで過ごした。

警察からも、祖母や母からも連絡はなかった。また、こちらからする気もしなかった。ただ、ぼんやりとテレビを観ていた。朝のニュースとワイドショーが終わった頃外に出て、部屋の掃除をしてもらい、ご飯を食べて、午後のそれらが始まる頃戻ってきた。ワイドショーをやっていない、空いている時間はスマートフォンで美代子の名前や、「ミイラ 介護」といった言葉での検索に費やした。

美代子の所業は小出しにされるように、一日に一つずつ新たな情報が出てきた。二階のミイラたちは、それぞれ、この十年ほどの間に、関東近郊で行方不明になった老人たちで、家族からの問い合わせなどで次第に身元が明らかになってきた。

ミイラたちのほとんどは丁寧に介護された跡があり、自然死や老衰で亡くなったと伝えられた。

ワイドショーには町の人たちが時々登場した。皆、足下だけを映すようなショットで、口々に、美代子が一人で自分の父と祖父母を介護し、孝行娘だと評判だった、と話した。また、遺族の一人の男性は顔にモザイクをかけた状態でカメラの前に立ち、「じいさんが、ちゃんとした介護を受けていたのだけが救いです」と言った。

スタジオにいる司会者たちもまた、民家から多数のミイラが見つかるという猟奇的でありながら、きちんとした介護がされているという謎にはしゃいでいるようだった。

「つまり馬場美代子容疑者はわずかな年金をもらうために、自身の祖父がなくなったあと、老人を誘拐し、介護していたわけですよね」

「虐待の跡は今のところない、と伝えられていますが、まあ、今後の捜査で本当のところはわかってくるとは思うのですが」

ワイドショーの男性司会者はまるで、はしゃぎたいのを無理に抑えているかのような口調でコメンテーターに意見を求めていた。

求められた学者や有識者、タレントたちも介護の悲劇を語ったり、四十歳の美代子が就職難の時代に社会人になったことの不運に同情したりしていた。

しかし、一週間ほどして一体の遺体から複数の骨折の跡が見つかり、美代子が傷害容疑で再逮捕されると世の中の反応は変わってきた。

これまでの、猟奇的でありながら介護の天使だった女が急に同情できないものになったのだ。全身の骨折は虐待か、殺人が疑われる、と報道された。

美代子はただの殺人者となった。

そして不思議なことだが、それが伝えられてから、美代子の事件のニュースは少しずつ少なくなっていった。

ただの殺人者に、人々は興味を失ったのだった。

ニュースを見なくなった頃、藍は実家に戻った。

袋小路の入り口のところにパトカーが一台止まっていた。中に二人の警官が座っていて、藍とは一瞬目が合ったと思ったけれど、無表情のままだった。

美代子の家の前に人の姿はほとんどなかった。ただ、脚立や機材だけが残っていて、一人二人、ぼんやりタバコを吸っている男たちがいた。

藍は身を硬くしながら、久しぶりの袋小路を歩いた。でも、誰も声をかけてこなかった。ドアに鍵を差し込んで、そっと回す。藍はまだ緊張していた。母の孝子がいてもおかしくない時間ではあった。

けれど、最後まで妨害されることなく、家の中に入れた。そして、やはり、心のどこかで予想した通り、家には誰もいなかった。

また元の場所に戻ってきた気がした。

それはそこが自分の実家ということではなく、数ヶ月前、藍が母の事件を受けて、ここに来た時の感覚だ。

あの時と同じように、家の中はしっちゃかめっちゃかに乱れていた。

一瞬、警察かマスコミの人間たちがこの家を家捜ししたのではないか、と思うほどの荒れっぷりだった。

しかし、さすがにそんなわけはない。これはたぶん、母がひっくり返したのだ。それは、二階の自分の部屋に入った時にはっきりした。

そこが一番めちゃくちゃになっていた。

机の引き出しが全部引き出され、ベッドの上にごちゃごちゃに投げられていた。そのほとんどは学生時代に使っていた、教科書やノート、文房具類だ。ベッドの下の衣装ケースも開けられ、こちらの中身は床の上に出されていた。ただひっくり返されているだけではなく、ぐちゃぐちゃに踏みつけられていた。

たぶん、母は藍の金や通帳を探し、どこにも見つからないことの腹いせにそれらを蹴飛ばして家を出て行ったのだろう。

念のため、金目のものをすべて持って出て行ってよかった、と心から思った。ホテル代にいくらかかるか、わからなかったから通帳も判子も持って行ったのだ。

母の部屋も開けてみた。こちらは、対照的に、何もなかった。すっからかんだった。もう一度、階下に降りて、玄関の下駄箱を開ける。靴やサンダルも母のものはすっかりなくなっている。

たぶん、もう、母はここには戻ってこない。今度こそ、本当に出て行ってしまった。

自分は捨てられたのだ。

藍は確信していた。


翌日、自転車で、祖母の家に行った。

あの老人と出会ったあとはしばらく訪れていなかったから、一ヶ月ぶりくらいだった。母はともかく、祖母に何も言わず、家を出てしまったことだけは申し訳ないと思っていた。

美代子に老人を渡した十六号線、彼と出会った小道を次々に通る。あの日のことがよみがえってきた。それを振り切るように、ペダルを漕いだ。

祖母のワンルームマンションに着くと、じっくり棟の周りを自転車で回って、ソーシャルワーカーなどが来ていないか確認した。ベランダは閉め切られていて、洗濯物などは干されていない。

ドアの前まで歩いて行き、そこに耳を付けて中の様子をうかがう。脇の小窓が数センチほど空いていた。そっとそこにも耳を寄せるが、声は聞こえてこない。

これなら、たぶん、大丈夫だろう、と玄関のチャイムを鳴らした。

返答はない。

ドアを拳で叩く。やっぱり、なんの反応もなかった。

そっとドアノブに手をかけた。驚いたことに、鍵はかけられていなかった。

ゆっくりドアノブを回す。

ふと想像した。もしかして、この中に母もいるかもしれない。

母は出て行ったわけではなくて、祖母の家に避難していたのかもしれない。そして、「あーいー、何してたのー、いなくなるからびっくりした」とか、抗議する。そしたら、藍の部屋を家捜ししたことは忘れるのに。

わずかな期待を持って、ドアを開ける。

ほんの数センチ開けたところで、生ゴミのような悪臭が中から流れてきた。

うっと、吐き気と悪い予感がこみ上げて、藍は手で鼻と口を覆った。嫌な予感がして、大きなため息が体の奥から出る。しばらく迷ったあと、思い切ってドアを全部開けた。

ほっとしたことに、ちゃんと開けると、悪臭はそこまでではなかった。

部屋の真ん中に、こたつに入った祖母がいた。

「お祖母ちゃん」

藍は玄関のところで動けず、そこから声をかけた。

「お祖母ちゃん」

祖母は灰色の髪がぼさぼさに乱れ、着ている服はくちゃくちゃで垢じみていた。だらしない女だったが、歳を取っても身なりだけはそれなりに整えていたはずだ。もう暖かくなっているのにこたつ布団にもぐりこんでいるのも異様だった。

床にはほとんど隙間がないくらい、服や物が散らばっている。この部屋に、これほど彼女が物を持っているとは初めて知った。

ふと横を見ると、小さな台所のシンクの中に食器や食べ物の残りが積み重なっており、小蠅が飛んでいる。悪臭はここからも湧いているようだった。

「お祖母ちゃん」

三回目にやっと、祖母はこちらを見た。

「お祖母ちゃん、ごめんね。なかなか来られなくて、どうしたの？　大丈夫？　疲れちゃったの？　お祖母ちゃん」

藍は努めて明るく話しかけた。祖母は季節はずれの風邪でも引いて、体調が悪いだけなのかもしれない。

けれど、彼女がこちらを見る目に、なんの光もなかった。藍は杉田と最初に会った時を思い出した。

「ねえ、お祖母ちゃん、お祖母ちゃん。ちょっと！　ねえ、返事してよ。お祖母ちゃん！」

この家では大きな声を出してはいけないと美代子にも祖母にも強く言われていた。だけど、出さずにはいられなかった。

「ちょっと！　返事しなよ。無視すんなよ！　おい！」

自分の言葉遣いがどんどんおかしくなっていくのを感じながら、どうすることもできない。

祖母の唇がやっとわずかに動いた。

「あんた、誰？」

「え」

そのまま彼女はこちらをぼんやり見ている。

「誰？」

「私だよ、藍だよ。お祖母ちゃん、何言ってるの？　ふざけてるの？」

藍はやっと靴を脱いで、部屋に上がり込む。

「ちょっと！」

ぐいぐいと入ってくる孫に向かって、祖母は恐怖さえたたえた表情を向けた。

「お祖母ちゃん」

藍は祖母の肩に手を置いて、乱暴にゆすった。それが彼女を怖がらせるとわかっていても、やめられなかった。

「お祖母ちゃん、何言っているの？　藍だよ、何、冗談言ってるの。やめてよ」

何度も何度も呼びかけたあと、藍の手の力が抜けた。

いくら言っても、祖母の目に光は戻ってこなかった。なんの意志もない、小さなガラスの玉がこちらを見ている。

「どちらさんですか」

その声はふるえていた。

藍はのろのろと立ち上がり、バッグを持って、玄関で靴を履いた。

外に出て、ドアを閉める。そこに寄りかかった。

祖母はどこかに行ってしまった。

いったい、これからどうしたらいいのか……。

ふと思いつく。

生活保護を受ける時、この祖母にはなんの身よりもなく、関係者もいない、という書類を作って提出したのだと。

このまま、知らん顔で帰り、実家を飛び出してしまえば、藍は、この祖母とはまったくの無関係な人間として生きていくことができるかもしれない。

祖母を捨てることができる。

でも。

何もわからなくなってしまった祖母の面倒を誰が見るのか、という時、自治体が生活保護以上に詳細な「身寄り探しや身上調査」を行ったら。

万々が一、藍の前の結婚、藍の元夫や子供たちが知れて、そこに連絡がいったら？　何より、自分は本当にこの祖母を捨てられるのだろうか。ひどい仕打ちを受けたこともあったけど、藍を育ててくれたのはこの人だ。

子供の頃、何度も邪険に扱われた。殴られたことも一度や二度ではない。けれど、ほとんど思い出せないくらいの、ごくわずかな温かい記憶が藍をそこに押しとどめる。

どこに行っても、この世は修羅なのかもしれない。

結局、女の生きる道はただ一つ、誰かの後始末、誰かの介護をして生きていくしかないのかもしれない。

みよちゃん。

藍の目から、一粒の涙が転がり落ちた。最近、やたらと涙もろくなっている。癖のように涙が出る。

ねえ、みよちゃん、結局、私たちはどこにも逃げられないのかもしれないね。

一つ不思議なことがあるんだよ。警察はあのおじいさん、私たちが一緒にミイラにしたおじいさんの全身に骨折の跡があったって言ってるけど、絞殺の跡があったとは今のところ、言ってない。

ミイラにすると絞殺の跡とか消えちゃうんだろうか。いや、首を絞めたことで首の骨や舌骨が折れて死んだのなら、それもまた、全身の骨折に含まれているんだろうか。

まあ、それもいつかはわかることだろう。

藍はまだ迷っている。このまま祖母を捨てて、根無し草となって生きていくのか。それとも、部屋の中に戻って、そこを片づけ、祖母を風呂に入れ、病院に連れて行って、これからいつ終わるとも知れぬ、あてもなく果てしない面倒を見続けるのか。

ねえ、みよちゃん。

藍はまだ、動くことができない。

解説　「ケアの闇の奥」の奥

水無田気流《みなしたきりう》
（詩人、社会学者）

今、あなたが本書を手にして、本編を読む前に参考までに解説を読んでみようか……などと思っているのなら、悪いことは言わない。いますぐにこのページを閉じて、冒頭から読んでほしい。以下の文章は、ネタバレを大量に含んでいます。さあ、どうぞ！

＊

そして、読み終えてこの解説までたどり着いたという、あなた。

おつかれさまでした。冒頭が円環を描いて終盤に結びつく構図に、ぞくぞくした感慨を覚えているかもしれないし、ヒロインの今後にどきどきしているかもしれない。原田ひ香の走り抜けるように読めてしまう文体が、私たちに物語の背景にある「ケアの闇の奥」のそのまた奥を、垣間見る《かいまみ》力を与えてくれる。なので、読後の残響が、深く大きい。

ヒロイン・藍《あい》は、三十三歳。モラハラ気味の夫・章雄《あきお》や、藍を「実家が貧乏な子」と蔑む《さげすむ》義父母にストレスを感じ、さらには夫の浮気に悩まされて、パート先の事務用品のリース会社の上司・高柳《たかやなぎ》と不倫関係になってしまう。

不貞《ふてい》を盾に取られ、藍は子供二人の親権も夫に取られ、狭いアパートに一人引っ越して、かつかつの生活を送る。子供たち二人に会っても、おそらくは夫や義父母に都合の良いことばかり吹き込まれたのか、そっけなくされる。

そんな彼女が、実母が祖母を刺して留置所に送られたと連絡を受け、実家に引き戻されていく。いがみあう五十八歳の母・孝子《たかこ》と、八十歳の祖母・ヤスののしり合いは、読んでいてとても暗い気分になる。

孝子の夫で藍の父は、藍が生まれる前にどこかにいなくなったという。孝子は奔放《ほんぽう》で、恋人を次々と代える。終盤、生活保護を受けるよう藍にうながされても、男と付き合えなくなるからと受給を渋るような女性である。ヤスは、貧乏暮らしが骨の髄《ずい》まで染みついていて、ひたすらがめつい。

「貧困」について、考えさせられる作品でもある。孝子もヤスも、あらゆるものごとについて、リテラシーが乏《とぼ》しい。たとえば孝子は携帯電話の料金プランを最低額に設定し節約しているつもりでも、限度を超える通話とデータ量の使用でかえって損をしている。

ヤスは藍が学生の頃は勉強ができると喜び、大学に行きさえすれば幸せになれるはずと進学をせっつくが、勉強についての助言はできず、学費も出そうとはしない。藍は奨学金とアルバイトで学費と生活費を賄《まかな》って都内の私立大学を卒業した。

愛情も、支援も、理解も乏しいのは婚家の人々も同様である。藍の義父母は藍を見下すばかりでなく、義母に至っては藍に奨学金の返済があることを非難する。奨学金は自分で働いて返すと言えば、「嫁の働きは家のものだ。本来なら家の財産となる分を使っているだけなのに大きな顔をするな」と怒鳴られる。

正直、読んでいて義母はもとより、妻へのそんな発言を許容している夫も許しがたく、こんな結婚は願い下げだと思うが、藍は耐える。これがNHKの朝ドラならば、ヒロインが耐え忍びながらも明るく振る舞ううち、頑《かたく》な義母もほだされてやがて和解が訪れるのだろうが、最後まで義母はヒロインの敵のままだ。

ヤス・孝子・藍の女性三代が唯一持っている「資産」は、もしかしたら彫りの深い美しい顔立ちだけなのかもしれない。かつてならば、美貌は女性にとって階層上昇のための大きな「武器」と思われていた。だが、孝子も藍も美貌によって幸せになったとは言いがたい。

いや、孝子に至ってはむしろ美しい顔立ちに生まれたがゆえに、無自覚な不幸を背負っているとさえいえる。たとえ恋人と別れても後から後から男が寄ってくるので、特定の相手と持続的な関係を結ぶ努力をする必要性に迫られなかったことが、彼女から成熟した大人になる契機を奪ってしまったようにも見える。藍も人目を引く容姿ながら、結局自分を尊重してくれる相手には出会えなかった。終盤、生活保護受給のためヤスを住まわせたワンルームマンションで逢い引きした後、高柳が言う台詞《せりふ》が象徴的だ。

「そういうんじゃなくて、底知れない品の悪さ、というか」

「関わったら、ずうっと下に堕ちていってしまいそうな。いや、堕ちるっていっても、不倫とかそういう堕ちるじゃなくてさ」

「自分もまたお前のランク……いや、君の階層に堕ちるっていうの？　大学も出ているし、頭もいいのに、その後ろには俺たちとは全然違う、何かがある」

自分より「下」だから、たやすく性愛関係を持てる。でも、まともに付き合いたくはないし結婚など考えられない……。相手を「選ぶ立場」で上から目線で品定めする高柳の発想の方がよほど下品なのだが、残念ながらこれは日本の家制度の残滓《ざんし》から来る発想だ。そして本作の魅力の一つは、実にこの原田の「嫌な世間」を具象化したような人たちの秀逸な描写にある。

＊

おそらく読者のみなさまもげんなりしたと思うのだが、藍の周囲の人たちは、みな保守的なのに品位は欠落している。旧来の家制度や「まともなご家庭」規範を当たり前のように信奉しながら、そこから外れた人たちへの偏見は根強い。背後には、「自分は〈普通〉の生活から転落したくない」という無意識の恐れがあるようにも見える。

「一億総中流」といわれたのも、今は昔。日本の景気低迷や家族関係の変化（主として不安定化）によって、就業や家族のちょっとした問題で、あっけなく「下流」へと転落してしまうようになった。

蛇足ながら、たとえばかつてのクライムノベルならば、「貧困な家庭に生まれながら美貌と知性に恵まれたヒロイン」は、それらを武器に男たちを手玉に取って、社会に復讐していく……的なストーリー展開になりそうなのだが（※個人の意見です）、本作にはそんな痛快な展開など望むべくもない。

本作は、貧困な人が自ら置かれた悲惨な状況に対し、何らかの抵抗や転覆の契機をもたない点が、ひたすら「リアル」である。貧困者の問題の根底には、自分たちの貧困について客観的に理解することができないという「認識の貧困」があるからだ。

舞台設定も、絶妙である。JR横浜線の、町田《まちだ》と八王子《はちおうじ》の間の、おそらくは相模原《さがみはら》市内のどこかにある、うら寂れた五軒の家が寄り添い合った「袋小路の家」。それが、藍の実家だ。個人的に、私は相模原市出身のため、町田と八王子との位置関係がよく分かり、東京都に挟まれた神奈川県の飛び地のような場所を思った。行政的にも「中心」ではない。あらゆるところに、周縁性の暗喩《あんゆ》が仕込まれている。

ふと、マクシム・ゴーリキーの『どん底』を彷彿《ほうふつ》とさせられたが、藍たちは社会の底辺へと垂直に堕ちるのではなく、社会の横のつながりから暗がりにはまり込むように、行き場なく「袋小路」に陥《おちい》っている。五軒の家の住人たちは、助け合っているようで、すべて空き巣に入られるように、肝心なときに頼りにならない。セキュリティも防犯意識もおそらくは低く、目端の利く人間には隙の大きな人たちに見えるのだろう。

＊

全編を通じて、私はイギリスの社会学者ジョック・ヤングの『排除型社会』を実感した。一九七〇年代までの安定した社会が失われたことで、不安定な都市生活では次のような心性が普及している、という。

「私たちは、用心深く、計算高く、世事に長け、保険統計的な〔actuarial〕態度をとるようになった。そして、困難な問題を回避し、異質な人々と距離をとり、みずからの安全や平穏が脅かされないかぎりで他人を受け入れる、という態度をとるようになった。しかし、このように判断を留保する態度が一般化するとともに、これとは矛盾する態度が現われた。物質的に不安定で存在論的に不安な状況が、人々のあいだに、自分の感情を他人に投影するという態度を生み出し、道徳主義を広める条件になっているのである」と。(注)

自分の安全や平穏が脅かされない限りにおいては表面上仲良く付き合うが、そうでなければ即離れる。なぜなら、自分は相手のレベルに堕ちたくないから。そんなエゴ剝き出しの嫌な人間だらけの本作の登場人物の中で、実家の隣の家の美代子《みよこ》だけは、藍に優しい。

藍より八歳上の彼女は、流行からも同世代の「普通の生活」からも取り残された人だ。高校生のときに母親が浮気して出て行き、祖父母の面倒を親戚から押しつけられ、現在までずっと介護ばかりの人生である。就業経験もスーパーで少しアルバイトしたくらいしかない。美代子は、かつての家制度の亡霊により、その家の中で最も弱い立場から「家族のケア資源」として搾取《さくしゅ》され続けた人生を送っている、ともいえる。

本作に出てくる人はみな不満や非難しか述べないが、全編を通じて一番笑顔なのは、最も過酷な状況にある美代子なのだ。いつも笑顔で祖父の介護を下《しも》の世話も厭《いと》わず引き受ける、天使のような女性である。

私見では本作における藍と美代子は、この国で家族と人生の選択を巡る問題に翻弄される女性像を凝縮したダブルヒロインである。藍は家を出る自由を得るために、大学進学や就職や結婚を選んだ。だが選んだ大学も仕事も夫も結局は藍の階層上昇には役に立たず、実家へ帰ることとなる。美代子は家から出ることすら事実上許されず、ケアばかりで社会経験も、そこから開けるはずの将来への可能性の芽もあらかじめ摘まれている。

この二人の女性は、「ヤングケアラー」でもあった。日本では「ヤングケアラー」についての法律上の定義はまだないが、厚生労働省は「一般に、本来大人が担うと想定されている家事や家族の世話などを日常的に行っている子ども（概ね十八歳未満）とされる」と定義している。

私見では、「子供当人のケアが日常的な家族の生活維持に必須」か「子供当人の学業や部活その他の重要な修練活動が犠牲にされている」のいずれか、ないしは両方が該当する場合はヤングケアラーである。

さらに言えば、家の「お手伝い」の範疇《はんちゅう》を超え、家族のためにケアから逃げられれず、

（注）ジョック・ヤング著、青木秀男・伊藤泰郎・岸政彦・村澤真保呂訳『排除型社会――後期近代における犯罪・雇用・差異』洛北出版、２００７年、13～14頁。

親子の役割が入れ替わったような状態にある子供もヤングケアラーである。彼ら彼女らは、子供時代に子供としてのケアを受けずに育ち、圧倒的な「ケアの貧困」の中で、ときに無自覚のまま無理矢理大人の役割を背負わされてしまう。藍の孝子への庇護責任感や逃げられなさと孝子の子供っぽさは、まさにこの点を如実《にょじつ》に示している。

藍のだんだん乾いていく感覚。元夫・章雄には、

「乾いてるっていうの。身も心もパサパサのかさかさでさ。俺にも子供にもたいして思い入れ、ないだろ」

「表面も中身も乾いてて、人を寄せ付けない」

と言われるのだが、水分のある情緒性を獲得すべき子供時代に、親への精神的ケアから逃げられずに来た藍には、「乾いている《ドライ》こと」こそが生き残りの手段であったのだ。だが、一度はパートナーになった相手にも、その乾きの理由が理解されない。藍自身も、認識できていないのが静かな悲劇ともいえる。

*

終盤怒濤《どとう》の展開で、美代子は一般的な常識や社会経験の欠落を逆手《さかて》に取るように、大胆な選択を行っていた。いや、美代子にとっては介護生活の延長線上にあったもっとも

「自然な」選択だったのだろう。人生をケアに吸い取られた彼女が、最終的にはケアの権化となり行った「祖父役老人の誘拐」は、ある意味日本の家制度の残滓が求めた「女性らしいケア役割」を継続するための犯行ともいえる。

終盤の美代子の台詞は、この物語のコアともいえる重さをもつ。

「だって、どうしたらいいのかわからなかったから。私、ずっと介護してきた。だから、介護する以外にどう生きていったらいいのかわからなかったの。他にできることないし。お祖父ちゃんの年金もらえなくなったら生きていけないし」

年金の不正受給のため？、と問われて美代子は答える。

「不正なら、私の介護労働はどこにいっちゃうの？　私は介護したんだから、正当な報酬を受け取る権利があるんじゃないかな」

そう。この台詞こそが、経済学の根本的な矛盾とそれゆえの「ケアワークの闇」を貫く、巨大な台詞なのである。

かの「経済学の父」アダム・スミスは、「労働」を「生産的労働」と「非生産的労働」に分けた。そして、ケアワークは後者に振り向け、できるだけ前者に人材を動員することが「国富」を増加するために必要と論じた。

労働経済学的に述べれば、家族のケアとは「使用価値はあるが交換価値はない」ものとなる。誰かが必ず無償で行わなければならないのに、交換価値（価格による評価）は皆無《かいむ》なのだ。

でも、どうして？　人生を介護労働に捧げたのに？

美代子は、その矛盾を本能的に感じ、永遠に「ケアする自分が報酬をもらえる手段」として、祖父役の高齢者を自宅に引き入れ続ける。そのグロテスクさは、ケアワークにまともな「対価」を支払ってこなかった社会の矛盾の結節点にある。いや、あえて言おう。グロテスクで矛盾だらけなのは、この社会の方なのだ。「孝行娘」であるがゆえに、美代子はそのあり方を正直に映し出したともいえる。

そして、なんと終盤読者は、本書のタイトルに込められた意味を知るのだ。美代子の語る、「み、い、ら」……。

もう、これ以上は、言いたくはない。

＊

最後に。醜悪《しゅうあく》でエゴまみれの登場人物だらけの本作だが、二箇所、まともな人が出てくる場面がある。

一番目は、藍が求人に応募する精肉店の店主だ。話しかけようと待っている藍を見て、「あんたがちゃんとした人だってことはわかってるし」「あんた、さっきからそこにいて、人がいなくなるのを待って声かけてくれたでしょ」と言って、雇ってくれるのである。階層がどうの、育ちがどうのではなく、「人としてまとも」かを瞬時に見抜いてくれる店主に、気持ちが温かくなる場面だ。

二番目は、直接登場はしないが、偶然見つけた美代子の「祖父役」の高齢者、「杉田《すぎた》誉士男《よしお》」の家族である。警察が美代子の家を訪れ、「ご家族ね、すごく心配されててね、いろんなところ探して」と語る場面で、はたと気づかされる。

これまで、なぜ美代子が引き込んだ認知症の高齢者たちは、家族に探されなかったのだろうか、と。形ばかり探したかもしれないのだが、見つからないのをこれ幸いと放置したのかもしれないし、最初から厄介払いしたのかもしれない。

本書には嫌な人物ばかり出てきて、私たちは忘れていたのだ。「家族が行方不明になったら、心配して探し回る」のが、人として普通だったのだという事実を。それはもしかしたら、美代子すら忘れていたかもしれない事実である。

終幕、藍はヤスの認知症の発症に、ギリギリ残っているヤスへの愛情《ウエット》を取るのか、割り切って放置《ドライ》するか、どちらを選択するのかという直前で、物語は終わる。

あなたは、どちらだと思うだろうか。

○参考資料

『エジプトのミイラ』（あすなろ書房）アリキ・ブランデンバーグ著、佐倉朔監修、神鳥統夫訳

『ミイラ事典』（あすなろ書房）ジェームズ・パトナム著、吉村作治監修、リリーフ・システムズ訳

『ミイラの謎』（創元社）フランソワーズ・デュナン／ロジェ・リシタンベール著、吉村作治監修

『窓口担当者がていねいに教える　生活保護のもらい方』（データハウス）茶々天々著

『NHKスペシャル　生活保護3兆円の衝撃』（宝島社）NHK取材班

この物語はフィクションであり、実在の人物、団体、事件とは一切関係がありません。

本書は二〇一九年一月、光文社より刊行された作品を文庫化したものです。

光文社文庫

D《ド》 R《ラ》 Y《イ》
著者　原《はら》田《だ》ひ香《か》

2022年12月20日　初版1刷発行

発行者　三宅貴久
印　刷　萩原印刷
製　本　ナショナル製本

発行所　株式会社　光文社
〒112-8011　東京都文京区音羽1-16-6
電話（03）5395-8149　編集部
8116　書籍販売部
8125　業務部

ISBN978-4-334-79455-2　Printed in Japan

組版　萩原印刷

光文社文庫　好評既刊

光文社文庫　好評既刊